花山海儒文库·散文卷

郁小简 著

你离开我的时候

花山文艺出版社

河北·石家庄

图书在版编目（CIP）数据

你离开我的时候 / 郁小简著 . -- 石家庄：花山文艺出版社，2022.9
ISBN 978-7-5511-6233-3

Ⅰ．①你… Ⅱ．①郁… Ⅲ．①散文集－中国－当代 Ⅳ．① I267

中国版本图书馆 CIP 数据核字（2022）第 146061 号

书　　名：你离开我的时候
　　　　　Ni Likai Wo De Shihou
著　　者：郁小简

责任编辑：王李子
特约编辑：罗路晗
责任校对：李　伟
封面设计：鸿儒文轩
美术编辑：王爱芹
出版发行：花山文艺出版社（邮政编码：050061）
　　　　　（河北省石家庄市友谊北大街 330 号）
销售热线：0311-88643221/34/48
印　　刷：三河市华东印刷有限公司
经　　销：新华书店
开　　本：650 毫米 ×940 毫米　1/16
印　　张：16
字　　数：200 千字
版　　次：2022 年 9 月第 1 版
　　　　　2022 年 9 月第 1 次印刷
书　　号：ISBN 978-7-5511-6233-3
定　　价：48.00 元

（版权所有　翻印必究・印装有误　负责调换）

序

郁小简的散文，有人间烟火气，入了日常境入了生活禅。好散文是粗茶淡饭，锦衣玉食也好，到底少了家常，容易腻。写作二十年，终于悟出粗茶淡饭的好，但愿我的散文是粗茶淡饭。

郁小简下笔，心气颇高，姿态却低，微笑朴素，有拈花一笑之美，当然，偶尔也有烈火烹油、锦绣铺地，但气息大抵是平和的。佳妙处仿佛夏天清晨挂着露水的蛛丝，入眼让人感觉到空气的凉爽。

此集之好，好在有人情之美与人性之摹，在日常中捕捉细节。细节与温度，仿佛米粒大小的珍珠穿成的项链。郁小简的语言，像一杯从古井舀出的清水，澄澈，晶莹。子曰："诗三百，一言以蔽之，曰：思无邪。"或许"思无邪"三个字正是郁小简艺术态度，抑或是她向往的一种境界。字里看人，气质浪漫，好奇心似乎也颇重，这是异禀，也是一种美好的性情。

郁，沉郁、浓郁、馥郁、葱郁；小简，一封短简。郁小简，其中有文章诀也。

胡竹峰

二〇二二年八月十六日，黄山

目录

序 / 胡竹峰__1

第一章　亲爱的小孩

亲爱的小孩__3

有个宠物梦__7

孤独的少年__11

孩子，你别怕__15

惶恐的秘密__20

路边的小摊__23

所有的一切都是好的__25

第二章　遇见青春期

我长大了__31

遇见青春期__36

站　　台__40

温柔的战事__44

我要离家出走——47

生日快乐——52

少年情事——57

心爱的你会离开——60

你离开我的时候——63

第三章　母亲这个身份

遗忘的词语——69

抱团取暖——71

母亲这个身份——74

看我七十二变——77

岁月旧滋味——81

捡了一条狗——84

那些美好的时刻——91

好家风最珍贵——95

别有风光在眼前——99

第四章　给你一本好书

给你一本好书——105

谁在与文字亲近——110

时光里的阅读——113

想象无极限——117

遇见书咖——120

自觉的约束__122

阳光美好的冬日下午__125

想一杯咖啡__128

在下午三点__130

夏日午后__132

我__135

第五章　逝水流年

那时年少__139

留住好回忆__141

相　见　欢__144

逝水流年__148

冬天的叙述__153

旧欢如梦__156

时光里的故乡__159

失爱的女生__165

云中谁寄锦书来__168

第六章　悲伤的时光步履匆忙

孤单的时光__175

有一个花季叫青春__177

你是不是疯子__179

南　方　雪__181

流　　言 __186

甜蜜礼物 __189

女人四十 __192

悲伤的时光步履匆忙 __196

第七章　每个人都是孤岛

孤独的熊 __201

作　　家 __204

关于爱情 __207

离　　开 __211

每个人都是一座孤岛 __213

那场遥远的车祸 __216

少年识遍愁滋味 __219

父亲的爱情 __224

远去的姑婆 __228

我来跟你说告别 __235

后　　记 __241

第一章　亲爱的小孩

　　我其实已经做好了你要离开的准备。我自懂得，这世上每一份缘分有来就有去。母子间的缘分也是，我知道你也爱我，只是你已经长大，羽翼丰满，我只想你翱翔的翅膀上凝聚着爱的力量，以及，承载起珍重的情感。

亲爱的小孩

四月，城市青翠欲滴。

我看见微信朋友圈里一根春笋破土而出，它拱破头顶的原木栈道，从厚实的木头下撕裂挣扎出来。那种生长的力量一如身旁的你。

我扭头望向春光里的你，忽然就明白了老人们眯缝着眼说，小孩子啊，就像春笋一样冒啊！他们沙哑的声音里拖着喜悦而又沧桑的尾巴，鲜亮的阳光打在沉默的银发和花瓣繁复的皱褶里。

春光如斯好，你正蓬勃，而我，不言衰败。

你就是那个像春笋一样冒的小孩子。

我脑海里都是你小小的样子。一转身，你却高出我两头，一如春笋破土冒出，一夜之间，又不过一眨眼，你小小的样子就不见了。

我却满脑海都是你小时候的样子。现在你的样子，是有些讨厌的，所以我记不太清。我只记得你小时候的样子，憨憨的、可爱的、纯真的……

亲爱的小孩，北边那个房间，是你最开始离开我去的地方。你六岁的时候，我让你尝试着与父母分房而居。你踌躇着，毫无底气地选择那个离得近、没有阳光的房间，你要求我们都敞开房门睡觉，因为，你依赖；因为，你胆小。

现在，不，早在更久之前，你搬到了另一个向南的房间，那里阳光充沛；那里不再与我隔门相望。偶尔我在房间里敞着房门看电视，你一言不发跑过来关上。你的房间，只要你进入，门便应声而合。

你原先的房间，门框上悬着一架玩具直升机。它被几根丝线提着，用双面胶和透明胶带层层粘牢在门框上，保持着飞翔的姿态，即使上面已落满尘灰，我也未曾让它降落。你床头的墙壁上，粘满了剪纸星星和月亮。在一个夜晚，你关了灯唤我进去。哇，那一墙闪烁的星光，亲爱的小孩，你一脸灿烂骄傲地坐在那片星光下，晶亮的目光炫耀地望着我。我的惊喜、我的惊讶，我毫不掩饰夸张的兴奋和赞扬。我亲爱的孩子，你用一种夜光纸，给自己剪出了一片永不陨落的星空，每一日，你就在这个童话般的世界里入眠，梦里笑出花儿来。

这些都是你的童年，也是我最珍爱的时光，即便落了尘灰，也抹不去我们目光里的鲜亮。

我们上街，在路口，你才多大啊，突然一手拽紧我的衣角往后拉，另一只小小的手臂拦在我面前。你的表情那样严肃那样认真，你紧张的样子让我忍不住发笑。车影还远，你左顾右盼保护我的样子那么可爱，落在渐行渐远的回忆里越发令人感动和留恋。

亲爱的小孩，你每天要和妈妈亲亲抱抱，你每天都会用肚子想

第一章　亲爱的小孩

我。当我问出这个问题时，你歪着脑袋沉思了一会儿，然后很确定地指出是你的肚肚在想我。母亲媲美美食，你最需要的地方就是安放妈妈想念的地方。

你画的爸爸戴着眼镜打着领带，你画的妈妈圆圆脸蛋冲天小辫。圆脸蛋冲天辫的妈妈问你，儿子，妈妈再生个宝宝好不好？你在一旁认真地画着《西游记》，你假装没听见。可是，圆脸蛋的妈妈多讨厌啊，凑过去问一遍再问一遍。你扭过头，一脸的心疼和不忍。你说，妈妈，你生宝宝肚子会炸开哟，会流好多好多血，我是为你好，我真的是为你好，这样你会痛死的。我忍着笑，你一本正经的样子让我忍得辛苦又快乐。我说我不怕，我生你的时候肚子炸开也没死啊！你愣了一小会儿，扭过头去画西游人物，我听到你嘴里在嘀咕，你跟画上的人儿在嘀咕：你要敢生宝宝我一脚就把他踢到天兵天将那去！哈，你竟然这么暴力，你不是一直都是善良温和的乖宝宝嘛。

你蹲在商场橱窗前看玩具，我催你走，你总说，妈妈，我就看看，就看看。你真的就看看，看好了你就走。世博会在上海举办，我知道你非常想要那套福娃，我问服务员价钱，当高昂的价格被优美的女声报出来的时候你已经开始转身走了。小小的脚步挪动着，小小脑袋往前又转向后。怎么这么贵？再走再转头，怎么这么贵？嗒嗒嗒走到商场门口，你停住脚步，目光望向那个柜台。你好像还叹了口气，无限惋惜的样子，怎么这么贵？说完这句你真的转头走了。

一起去的朋友瞠目结舌，怎么这么乖？

那要怎么样？我追在小小的身影后嘿嘿笑。

不是应该哭闹耍赖不依不饶吗？

我抛给朋友一个鄙夷的眼神。

她不甘心，脚步追上来。那，至少也得亲亲抱抱哄哄骗骗吧？

拜托，他5岁了好吧？

5岁？虚岁5岁而已。朋友双目放大，开始聚光。怎么这么乖？嗒嗒嗒跑上前抱住亲爱的小孩强吻。

怎么这么乖？亲爱的小孩，有没有人把你调了包？是你生长的力量太猛？体内洪荒之力无法控制？你拔节生长的高度必然要长节成疤？是吧？所以坚贞，所以成长，所以蜕壳，所以，离开。

亲爱的小孩，如果看到这篇文章你会怎么样？圆圆脸蛋冲天小辫的妈妈已经改了模样，就如你，褪去婴儿肥褪去青涩褪去那么乖。我们都不是最初相见的模样，我们却永远是最熟悉最亲密的人。

亲爱的小孩，你一定会说，怎么这么啰唆？嘿，是嫌弃的口吻还是装模作样地耍酷？我希望是后者，你说怎么这么啰唆的时候脚步没有离开，你清亮的眼瞳里漫上温暖的笑意和亲切的善意。

你想起你小的时候，年轻的妈妈亲爱的小孩；你想起缤纷闪光的童年时，我希望，你能走过来给我一个拥抱，就像一个成熟的男人那样，给你的母亲一个温暖有力的拥抱。

亲爱的小孩，你说好不好？

有个宠物梦

亲爱的小孩进入初中后就晋级为点哥,没了婴儿肥的面容变得冷峻、淡漠,惜字如金,我们的交流极少,偶尔他与我说话,我必是受宠若惊。

等到点哥进入高中后周身戾气削弱,漫长的青春期仿佛进入尾声,依然不屑与我多言,却也跳出了水火不容,偶尔也招我说话,算有了交流。

那天两人闷头走在路上,他突然说话。

你知道哈士奇吗?

呃。

你知道它有多逗吗?

不知道,它逗吗?

你见过它的脸吗?可逗了!我要养它。

最后一句话他自言自语自我陶醉。

哦……那你准备什么时候养它？

沉默几秒钟，点哥进入复读机模式。

你知道它有多逗吗？

我扭头看了看他的脸，大致了解了他口中的逗样。

你是说你以后你成家了你结婚了你要养条哈士奇？

它可逗比了，你不喜欢它吗？

……………

两人一路鸡同鸭讲，岔开了频道，竟然谁也没嫌弃谁。

每个孩子都有一个宠物梦，它或是一只狗、一只猫、一只小白兔，又或是一只荷兰鼠。

点点小时候养过小乌龟、小白兔、黄色绒毛的小鸭子、一只麻雀，还有一只荷兰鼠以及一只小土狗。我曾一度怀疑我们家门前的那些蚂蚁都是他养的，他蹲在那一下午，我被好奇心驱使过去张望，一簇簇的蚂蚁绕行在他脚跟，他是蚂蚁国里的巨人小王子。

荷兰鼠是我极力反对的，他捧在手里把它往我面前送。

妈妈，你看它多可爱，你摸摸它。

我吓得尖叫后退。但凡涉及鼠字，我立马毛骨悚然退避三尺。点点咯咯咯笑，笑我胆小鬼妈妈，他把那只荷兰鼠宝宝捧在怀里，温柔家长的样子让我不忍心斥骂他。我耐心做他工作，用夸张的语气对他危言耸听。

鼠疫，宝宝你知道吗？会死人的鼠疫，它身上的病菌会传染给人类，鼠类是世界上最脏的东西了。

他用疑惑的眼神看我，又转过头去看那只白乎乎无辜的小东西。

你别看它长得干净，洁白无瑕的样子都是伪装，宝宝你知道坏

第一章　亲爱的小孩

人是怎么伪装的吗？你肯定知道，你这么聪明。

日复一日给他洗脑，又找了一些文字资料给他看，他终于同意放生，放孤单的鼠类去找它同伴。

那天早上上学时他在楼下放下荷兰鼠，蹲在那说了好一会儿话，才松开手，一步三回头离开。等至傍晚放学回家，我打开门，看到他又抱了那只老鼠回来。他一脸惊喜莫名的神态，我的疑惑和责问都被扼杀在他兴奋惊叹的语调里。

妈妈妈妈，你知道吗？它一直在等我呢，就在我早上放它下来的地方，它就在那等我，等我一天了……

我还能说什么，看见了他的快乐和欢喜，也望见了他的孤独和寂寞，他的小伙伴不过就是那一只荷兰鼠罢了。

他小时候唯一哭闹的一次就是要一只小狗。有人上门兜售小狗，在那人转身离开的时候他忽然哭闹起来。大声哭，大声喊，我要一只小狗嘛，我就要一只小狗嘛。鼻涕眼泪齐飞，双手双脚乱舞，有趣极了。我在一旁看着太好玩了，我可从没见过他这样子，我乐坏了。于是，他在哭我就在一旁笑，他哭啊蹦啊，卖小狗的身影不见了，他扭头望了望一旁笑成傻子的妈，两手一抹脸，天翻地覆的噪音唰一下收了，扭头去画他的《西游记》了。

后来还是养了一只小狗，离他哭闹那年过了很久。那年他还没上幼儿园，小狗来家时他三年级。我们说好条件，小狗的屎尿都得他管。我本想刁难他，处女座的他背负与生俱来的洁癖，我以为他会知难而退，谁知他竟应了。

那只小狗比他小时候还任性。随地大小便，不听教化，任性妄为。我让他去清理，他一声不吭，拿了报纸去清理，虽然表情超严肃，却也不嫌弃。那只小狗在没有与他建立起深厚的情谊时被我劝退。小学生早出晚归，狗狗屎尿太任性，他在沉默里妥协，放了小土狗去乡下野。乡下土地开阔自由自在胜过城市局促牢笼，那一刻，我对儿子稍稍泛涌而上的忧郁认真地说，狗狗的快乐是最重要的，你说呢？他愣愣地点点头，懵懂好哄的样子让我忍俊不禁。

再没有养过宠物，有时候放学回来他会在小区里驻步观望流浪猫。蹲下身子去逗它们，口中学的猫叫声耐心温柔。给流浪猫狗送过食物，流露过贪婪的眼神凝视别人家遛弯儿的狗狗，家中却再也没有过小动物的身影。

我明白他的渴望，从小到大他的宠物梦。独生子女孤单成长的光阴赋予那个梦丰沛的营养，他渴望的不过是一个朋友，一份陪伴，可以驱逐他的孤独清冷。

我心中隐隐后悔，望着他走在前面沉默高大的身影。如果岁月可回头，他应该拥有一只属于他的忠实友爱的狗狗，一起玩耍，一起长大，兄弟一般的感情，学会责任，学会照顾，学会欢笑，学会温柔和关爱。

孤独的少年

年前给朋友寄了些特产，她发来图片，她10岁的小米帅哥把白色快递泡沫箱用荧光笔画了各式图案，有房屋、动物、花草和小人儿；又用小刀把图案镂空，提了一盏灯钻进泡沫箱，于是，奇妙的世界就出现了。

米妈说，放假了，在家的时间除了作业就是各种折腾，把家搞得乱糟糟的，真是看了又讨厌又可怜。

孤独的孩子，独生的孩子，他没有玩伴。冰冷的电子产品被妈妈下了禁令，高楼圈起日复一日的单调生活，没有自由撒野的地方，也没有追逐嬉闹的伙伴，他给自己制造一个童趣的世界，他是自己的主角，自得其乐，孤独丰饶。

我喉咙有些发涩，眼睛有点儿发酸，也有点儿心疼，心疼这份无辜纯真的孤独。

儿子今年高三了，寒假里我去花鸟市场给家里置办新春的盆花，他离开书桌跑过来跟我说。

帮我买只小白兔回来。

我以为我听错了，张大嘴巴非常疑惑。

小白兔？

我看着眼前高大的男孩，已经有着一张轮廓分明的成熟脸庞，此刻，他好像回到了他的童年，他跟他的母亲说他要养只小白兔。

我终究没有给他买回小白兔，我带了几条金鱼回来。

他有点儿不高兴，讷讷地说，小白兔多可爱，毛茸茸的，金鱼又不可以抚摸。

又问我，市场上还有什么？

我说还有小乌龟。

除了小乌龟还有什么？

我不知道，我没有去看。

他嘀咕了一声，小乌龟也不可以抚摸，转身捧了鱼缸去清洗，安顿小金鱼。

半晌，他在鱼缸里布置出一个海底世界，鹅卵石、水草，清水里游弋着几条小金鱼。他趴在鱼缸上神情专注又温柔，一会儿，轻轻叹了口气。

唉！你买的鱼太多了，这样它们吃饭会打架的。

这是我属兔的大男孩，2018年新春过后，他虚岁20。

他小的时候跟小米一样，一个人自得其乐。他用玩具小车玩具枪炮在地板上铺开战事，他小小的身子或左或右，一会儿将军一会儿战士。他房间的门框上用双面胶粘着一架小小的直升机，房间的墙壁上粘满用荧光纸剪的星星，他关了灯，睁大眼睛躺在闪闪发光

第一章　亲爱的小孩

的星空里……

他养过小白兔、小仓鼠、小乌龟、小金鱼，养过一只八哥，还有一只小土狗。天生洁癖的处女座男孩，每天毫无怨言地给小狗清理屎尿，它们都是他亲密的小伙伴。

而现在，高考的最后一个寒假里，他又养了几条小金鱼。他在刷题的空隙里都是趴在鱼缸旁，他的细心耐心和责任心都在金鱼身上完美体现，他对小金鱼的好让我心生嫉妒。

开学后，他每天放学第一件事就是看望小金鱼，自己没有时间亲力亲为，便嘱咐我，要换水了哟，换水的时候要怎样怎样，嘚啵嘚啵说的话超过一个月跟他老妈正常交流的语言。

心头起了温柔的心酸，他童年孤单沉默玩耍的影子漂浮上来，才恍然发觉，他的孤独如此浩大，他的沉默和对我的某些抗拒也许事出有因。

我突然无厘头地问了他一句话。

那时候要给你生个妹妹就好了。

他隔了两分钟回答。

你想生妹妹就一定能生到妹妹了吗？

我听到他貌似随意的语气里，竟是内心里曾有过的那点儿期盼和羡慕。我想起有一日他抱起他的小表妹时小心无措又温柔欢喜的神态。多么好，一个妹妹一个伴一个小尾巴，他对小动物的温柔细心会加倍用到妹妹身上。他有了责任心，他脸上的笑容会更多，他会开朗会快乐，他不再孤单，他也会成长得更快。

我无法在一个长大的少年面前煽情，我只是淡淡地问他。

你以后结婚了要生一个男孩还是一个女孩？

他很平静地吐出两个字。

都要。

轻淡的语音里是不容置疑的掷地有声。

对,都要。他决定了,不让他的孩子继承他的孤独。

不,是他们这一代人的孤独。

孩子,你别怕

接到儿子班主任电话,某某家长你到学校来一趟。

心中不免惊惶,孩子闯祸了?

没有,跟隔壁班的同学发生了点儿事,隔壁班陈老师让我通知家长过来一趟,我问过了,没什么大事,你来一趟吧。

老师语焉不详,话语里虽有安抚的意思,可被传唤的恐惧还是弥漫心头。打架了?肯定是,要不怎么会牵涉到隔壁班?

急匆匆往学校赶,暮色已经降临,校园灯光渐次亮起。白昼与黑夜的交界处,人有种恍惚的不真实感。

教学楼二楼,远远看到一群学生挤在教师办公室门口。学校已经放学许久,校园空荡,独有这一处喧闹。

我过去,孩子们让出道来。空旷的办公室里只看到一张办公桌前一高一矮两个身影,白炽灯光迷雾般苍白,我用目光搜寻儿子的身影，一处墙角，儿子小小的身影伏在案上，他并没有被罚站。

瘦高的身影迎过来，一个架着眼镜的斯文男子，在小学老师的印象范畴里。他身后的小女孩低垂着头，怯怯的眼神略微一抬又无比慌乱地逃开。

好好站着，给我规矩点儿。

陈老师冷硬的声音鞭子一样抽过去，小小的身影在灯影里微微战栗，单薄的衣裳像被那句话灌进了一阵强风，空荡荡的衣裳里好像感觉不到她身体的存在。

我望向儿子，他的小身子往桌上趴得更深了，瑟缩在那个角落里，我看不到他的表情，也体会不到他的心情。

可是，我能感觉到他们的害怕，有种恐惧正占领他们的心头。我还没有确切了解到这恐惧的前因后果，我听到门口的窃窃嬉笑声，一群孩子推搡在门口，捂着嘴咻咻地笑。

暮色静穆，这些笑声长着尖利的牙齿，还长着张牙舞爪的翅膀，飞进空荡荡的房间里，噬咬着两颗小小的心灵。

陈老师灯影下的面容有些苍白，镜片后的目光在不确定地闪烁，他的唇角扯开一丝笑，伸出一只手，示意我到门口的走廊上聊。

门口叽叽喳喳的"麻雀"终于被驱赶散去，清凉空气里还兀自缭绕着他们窃窃讪笑的余音。一股浓郁的促狭暧昧的气味正在扩散，似是而非的秘密即将被一场流言肆意传播。

陈老师慢条斯理地陈述，貌似平和的语气却裹着一层冰冷的包浆，他的话一句句砸在寂寥的空气里，沉重、僵硬、冷酷。

我渐渐知晓了事情的原委，紧张的心情缓缓舒展开，却被另一种更难受的心情替代。

小女孩住我们对面小区，上学路上总会和我儿子遇上，于是两

第一章　亲爱的小孩

个孩子就经常结伴同行。空气清冽的清晨，小鸟啁啾，阳光美好，两个背着书包的小身影蹦蹦跳跳地走进小学大门。

没错啊？哪错了？

可是陈老师说错了，他说他及早发现了苗头。

这个丫头，丁点儿大的时候父母就离婚了，乡下奶奶前两年死了后，她就被送到城里表叔家寄养，很不听话！陈老师的手恨恨地冲着屋里挥了下。

她养父母现在都不大愿意管她。他又重重地叹息了一声，嫌弃和无奈的叹息声。

他略微顿了顿，缓和了下气息，激动的声音慢慢平和下来，只是那层冰冷的包浆更浓更厚了。

我就觉得她苗头不对，就号召全班同学揭发她。果然，同学们把她的行为都反映上来了。

陈老师苍白的脸色在暮色里泛起晚霞般的潮红，藏不住的得意和满足在一点儿一点儿汹涌外泄。故事临近高潮了，他镜片后的目光用了力，我不知道他在我脸上盯到了何种表情，我的脸在晚风里木木的，连同我的心。

这个丫头，每天都候在路上等你儿子，有时候放学早了就磨蹭在路口，两个人天天同出同进，这么小的年纪还得了！你说她到底想干吗？

平和的声音又激动起来，我冷冷地听着，冷冷地看着。

呃——当然，这件事跟你儿子也没多大关系，我调查过了，都是她找的你儿子。只是，情况发生了嘛，我还是希望家长能配合学校，及早地把这种苗头扼杀。

哪种苗头？我只看到一份童真纯洁的友谊被残忍抹黑和摧残了。

陈老师不再说话，他看着我，等着我的表态。

哦——谢谢老师。

我不知道我为什么要吐出这样几个字。喉咙有些堵，胸口有点儿闷，可是，我那样自然地吐出了这几个字。就好像训练有素，就好像习惯使然，现有社会的熏染教育里，我与冷漠的社会可耻地苟合了。

陈老师的笑又在唇角扯开，他回首冲着屋里喊我儿子的名字，他说，快收拾书包跟妈妈回去吧，快。

我的目光随着他的声音涌入那间空旷冰冷的办公室，小女孩还毕恭毕敬地立在办公桌前，她的头深深地垂着，两条手臂笔直地垂在身体两侧，她的衣服又好像小了一号，秋天了，她的脚上还是一双颜色模糊的塑料凉鞋。

而最重要的是，她即将失去一个朋友，这个朋友也许是她唯一的朋友。她的老师还有我（我是个帮凶吗？）将把她唯一的朋友远远拉开，她的世界孤立而凄冷，也许不失热闹，那群围观的孩子们，他们会懵懂地把嘲笑和羞辱砸向她、包围她、囚困她……

回家路上我牵着儿子的手，我感觉得到他的拘谨和僵硬，他用畏怯的眼神偷偷瞄我，瞄一眼，再瞄一眼。

我停下脚步，把他揽入怀里，紧紧拥抱他。我说，儿子，你别怕，你别怕，你没错，妈妈知道你没做错。

儿子小小的身体在我怀里慢慢柔软下来，他像是长嘘了一口气，在开始暗下来的天空下，他的恐惧、他的紧张在慢慢消弭。他的活泼又回来了，他牵着我的手，脚步又开始欢快地跳跃。

而那一路上，我又跟他说了什么？我说，儿子，虽然你没错，可是人言可畏。天哪，我竟然跟他说了人言可畏，我一点儿一点儿

第一章　亲爱的小孩

跟他解释什么叫人言可畏，让儿子在似懂非懂里接受，以后，他跟那个小女孩还是朋友，但是，尽量不要再跟她有接触。

因为什么？到底因为什么？

因为，人言可畏！

许多年后，我耿耿于怀这段往事，我无法原谅自己。我的怯懦，我的冷漠和自私。

那个失去父母失去朋友备受排挤嘲弄的小女孩你还好吗？

我想再走进那段光阴，白炽灯光下空旷清冷的房间，我想走近你，抱紧你，轻声对你说：孩子，你别怕！

惶恐的秘密

  我惶恐，没有人知道我内心有多惶恐。

  儿子才几个月，一个糯米团子在我怀里。他睡着的模样真可爱，长睫毛，嘟嘟嘴唇，苹果般的脸蛋，呼吸间都是好闻的奶香味。他做梦了，小腿蹬啊蹬的，从我的肚皮上一路往上蹬，偎在我怀里的身子就倾斜了出去。我揽紧他，手掌轻轻安抚他，嘴里哼着曲调般的宝宝乖，宝宝睡觉觉。糯米团子就安静下来，嘴角还咧开了笑，咯咯咯，眉眼都欢喜着，多可爱。

  帮他换了尿布，小屁股滑溜溜的，索性就让他光着，摸着他的小屁股睡觉。可是睡不着啊，看不够怀里他的样子，多可爱多可爱，怎么可以失去他？

  如果我出事了怎么办？谁来照顾他？如果他被人拐走了我又怎么办？心里惶恐起来，看报纸新闻里这么多人贩子，一阵风刮过漫

第一章　亲爱的小孩

天都是被拐孩子的凄惨故事。被敲断了手脚去乞讨的；被逼迫着做小偷的；还有，被割了器官贩卖的……

越想越害怕，搂紧了怀里酣睡的娃娃，眼泪已经流了满脸。如果他丢了我该怎么办？辗转在全国各地，闹市陋巷，渔村山庄，四处奔波，肝肠寸断，绝望心碎却不敢放弃！你在哪？求求你让我找到你！求求你回来……

枕巾湿了一大片，喉咙里压抑不住的哽咽声在寂静的深夜中凄苦无助。赶紧腾出手捂住，再抹干脸上的泪，别沾到儿子的小脸蛋上。垂眼看他，甜美的小模样儿，忍不住轻轻亲上一口。心头依然惶恐，心事辗转，迷迷糊糊挨到天明。

略大了些，开始上学，总是闯祸。不是上了树，就是打了架，上课还跟同学开小会……老被老师传唤，生了新的惶恐，小皮猴哪天才会安稳，不用母亲担心？

进了初中，真的安稳了。却太过安稳，阴沉着脸，惜字如金，爱宅在自己房间，紧闭房门，跟母亲画开楚汉之界。学习开始滑坡，做母亲的又开始被老师传唤训话。却无法揣摩知晓他的心思，有时候想走近些窥探，却被他语调生硬挡了回来。母子急眼时，他全身僵硬，目光喷火，双手紧攥着拳头愤怒得全身发抖。我仿佛听到他全身骨骼伸展奔突的声音，惶恐，他变得如此陌生。晚上开始乱梦，有时候是自己在他的教室里考试，做不出题，焦灼万分；有时候梦中恍惚听到手机铃声，霍地一下起身，紧张得心头发紧，怕是老师的号码，千万别是老师的号码。

那三年里的惶恐极度难熬，一度压抑成疾，一个人坐在车里痛哭，心头脆弱只想溃败出逃。

终是熬了下来，用了洪荒之力陪他在时光隧道里摸索前行，摸索进高中大门。并肩走时抬头望他，一个娃娃长成了帅小伙。他好像已经蹚出青春期的沼泽地，不再与我对立冲突，只是，也不再与我亲昵。寡言少语，走在路上拒绝我挽他手臂，也拒绝我一切表示亲昵疼爱的动作。有时呆呆望他，还有一年他将离开，海阔天高鱼跃鸟飞，他的身边不再是我，他的臂弯将搂紧一个女孩，他们亲密厮守，而我即将空巢。

多惶恐，却不敢表露半分，会招人笑话。这些注定是一个母亲心头忐忑的秘密，从他出生时开始，一路蜿蜒铺展开来，简直就要占领我的一生。

不敢在他面前泄露一丝惶恐，不敢跟他说这些惶恐都来自我对他的爱，怕他不以为然，怕他说我矫情，怕他不听我絮叨，怕他笑我幼稚，竟不如他这个孩子。

所以，这注定是个惶恐的秘密，一个甜蜜忧伤慢慢老去的秘密。

路边的小摊

那日周六傍晚从学校接了儿子回家，天空微雨，人间四月春寒彻骨。

车进了小区，楼下的车位都满了，我把车拐到很远才找到车位停下。匆匆忙忙赶着回家做饭，饭后要送他去补习。却看到儿子坐在后椅上磨蹭着从书包里翻出皮夹，拿了20元钱攥在手中。

心中纳闷，问他是要去小店买东西吗？他说不是。再问便不答了。

临近高考的孩子时间容不得一点儿浪费，而高考生的家长更是，奔波在时间里疏忽了四季景致人间风情。

我不再理他，拽住他紧贴在他伞下快步往家赶。

临到拐向家的十字路口他却停了下来，脚步挪向了一旁。我不自觉地被他的伞拽过去，发现路旁支着一个冰糖葫芦摊。近一米八的大小伙子撑着伞杵在那个小小的冰糖葫芦摊前就不走了。

走啦。

他不动，眼睛从排列的冰糖葫芦一扫而过。

你想吃冰糖葫芦？

我口气缓了缓。

回家就吃饭了，再说你早上还说牙疼。

他依旧不吭声，我看他望了一眼摊前的小贩，脸色有着春雨般的温润。他并不言语，微笑着用手指了指左边那个冰糖葫芦，递过钱，接过小贩递过来的冰糖葫芦往我手上一塞。

我们便又两人共伞快步往家走。走到楼下，我在按进户门的密码，听到他在一旁自言自语。

这种天做点儿生意不容易，你以为我馋了啊？

拖着一个小尾巴的语气里有一种温柔的忧伤。

我怔住，风把雨丝送入眼眶，有一股潮热的液体开始翻滚涌动。

我不知道要说些什么，想说一句"儿子你好棒"，又觉得这话幼稚且矫情，怕被他笑话。只觉得心间柔软得一塌糊涂，做母亲的骄傲像一束焰火在心头悄然绽放，美丽不可方物。

他长大了吗？

是的，我才发现，他已经在我眼皮底下悄然长大。不声不响间，他拔高了身形，也把内心长大长高。

我想拥抱他，却只用手拍了拍他肩膀送给他一个微笑。我们依然是不苟言笑的母子，我们总在日常的琐碎里碰撞怨怼，他的成长沉默用力，我误会他的寡淡冷漠，却在这一刻懂得了青春独特的付出，不喧哗，且自在，最美好。

所有的一切都是好的

　　已经入秋，晚上空调调高了几摄氏度，风速调小，裹着被子睡得比较好。早晨晚起，听到小伙子窸窸窣窣半天，起床，他已泡好一包方便面，倒了一杯牛奶坐在餐桌前。我开了洗衣机回头他已吃好，递上面汤让我尝尝。我不喜爱方便面，可喜爱各类汤，他偏爱方便面，每次要挑新款吃，吃完必定让我尝他剩下的汤，然后用期待的眼神巴巴地看着我，问我，好吃吗？我不作声，神情淡淡的，他有些失望，我只说，还好。或答酸了点儿，或答辣了点儿。他吃了数十款面，我喝了数十款汤，有时候勉强，却又不忍让他扫兴，而他，终究未能拉我下水，我不喜欢的，从未改初衷。

　　收拾好家务，便泡了杯咖啡，一口咖啡一口面包。炉灶上的砂锅里已经炖上了骨头汤，不一会儿，香气弥漫出来，遮了鼻息间的咖啡香。就在客厅里，没有开空调，敞开窗户，打开落地风扇，耳畔呼呼地吹着。窗外若隐若现的蝉鸣，还有零星的鸟鸣，望过去，白晃晃的太阳光，空旷清寂一片，那些声音像从寂静里生长出来，无根无形，又落寞又热烈。

又泡了壶普洱，翻几页书。午前咖啡普洱都好，午后再饮，总会失眠。又总犯忌，任性地只管当下的心境当下的欢喜，也因一些莫名的烦恼，自我纵容出许多陋习。

小伙子在房间温书，再有几天就要开学，一个假期落下的作业债总是要还，所以这几日他是认真的。等了半天，我的午餐还没做好，他从房间出来，凑到灶台前张望。一个暑假里，"今天吃什么？"是他问得最多的话。我笑他，近一米八的小伙子像个嗷嗷待哺的小娃娃，他抿了抿嘴，几缕顽皮的笑从唇角扬起，这时候的他真可爱。

他会午睡，我偶尔会。不睡的时候就发呆，也无心看书，也不看电视，就躺在那儿睁大眼睛发呆。往事召唤回来，粗粗捋一捋，静默的忧伤一点点升腾，就摸过一旁的手机，手机里面有好多段子，一看一乐，一看一乐，委实是最好的陪伴。

傍晚，一口气看完亦舒的一本书。我从学生时代就喜爱她，至今仍是。喜爱她，书中字字珠玑醍醐灌顶，而我，偏偏命运性格却随了琼瑶。呵，这也是宿命了。

小伙子跑到客厅来看电视，说《权力的游戏》豆瓣评分多高你知道吗？我摇摇头。又说《星际特工》真好看，你去看撒。我又摇摇头。真的好看，太空太美了，你就坐在前三排，前面没人，3D的，不会太近。

整个暑假他都是跟我在影院里扫片，独这一部他跟同学去看了，就一再怂恿我，电影看完三日，他在我跟前说了不止三次。又说

第一章　亲爱的小孩

《星际穿越》你知道吗？你手机搜一搜。

我不，我没兴趣。

他瞟了我一眼，终于不吭声。隔了不久他又自言自语，我要去南极。

我搭话，我也要去，你带我去。

他说，南极很危险的。

我说，你会保护我。

我在心里笑了，他没笑，很认真地沉默，一会儿，又肯定了一句。

真的很危险的。

我把手机拿过去，给他看朋友圈，苏州女作家新出的游记《南极之南，远方之远》。她一人去的南极，你也可以一人去，或者带你妈去，又或者带着你的她去。我促狭地笑，他习惯了我的神经，丢给我个无聊的眼神，转过头不再跟我说话。我却有点儿心酸，同学儿子今年考了大学，她数次跟我苦口婆心地说，你要好好珍惜跟你儿子的这一年，也就这一年他是属于你的了，你要好好待他，你……

唧啵唧啵，像个弃妇。我心头切了一声，我又没虐待他，我自是早就明白了这个道理，也自是很珍惜的，还用你教？转过身，仍不免恻然，痴痴看着电视机前儿子高大的背影。哪怕是心头早有准备，还是不能想象那一日真正来到的情形，怕自己勇气不足，怕自己坚强不够。

今日是七夕，于我不过是平常日子，我知小伙子前日去看电影偷偷给喜欢的女同学买了礼物，有眼线告诉我，微信上用了"嘘"的表情。她还说你儿子以后挺会心疼人的，只是心疼的对象不是你。损友一贯如此，最喜落井下石，最爱幸灾乐祸。我自然是装聋作哑，无视她的疯，也无视少年的有意多情。

  我记得与他说过，你要去做你喜欢做的事，不辜负你的好年华。世界那么大，你要去走一走你要去看一看，你要去经历，所有的美好和艰难。你要懂得，年轻是多么好。所以，你要更努力，你要更成熟，你所想要的一切美好的事物都需要你去付出，都靠你自己去争取。

  不知他懂不懂？不知他听得进几分？我只觉得所有的一切都是好的，我的唠叨，他的沉默；他的絮叨，我的游离。又因今日特别，我要祝福他的爱情。

  愿你拥有美好爱情，有情有义有担当；愿你有哭有笑有感动，两情相悦美满又甜蜜；更愿你，一路往前，勇敢且无畏，坚强且独立。

第二章　遇见青春期

　　他长大了，我的小小男孩咬断了他与母亲牵连的脐带，我们的世界有了楚汉之分。忽然明白，他的盛夏，我的暮秋，泾渭分明。

我长大了

亲爱的小孩是在 12 岁那年向我抗议的。

不要叫我点点了。

为吗？

难听死了。

小子皱着眉头，一脸的不高兴，他的个子跃过了我肩膀，我看他的时候已经不用俯视。我记得我当时略微愣了一下，继而便"扑哧"一下笑出声来。我伸出手去拨他的头发，他头一扭我的手落了空。

哎呀，还有情绪了，不叫点点那叫啥？

叫我名字。

小子的嗓音有些闷，窝在喉咙里沙沙地响。

你名字不就叫点点吗？从小到大都是啊！

我故意逗他,像他小的时候一样逗他,可他好像真的生气了,白皙的脸庞一下涨红,有两颗若隐若现的痘痘挑衅般跳起来,一直逼到我眼睛前。我熟悉的童稚的面容忽然消失了,眼前这张脸庞平添了几分陌生,让我有些慌乱无着。

这是许多年前的事了,现在的点点17岁。那次的抗议活动如何收场我已经记不大清楚,印象中那是他第一次向我挥舞旗帜,我并未在意。只记得这以后我还是叫他"点点",至于他说的另一个名字"秦××"我确实也在使用,那是在他犯了错误又或张牙舞爪冲我挥舞旗帜时,我都会很用力地喊出这个名字:"秦××——秦××——你想干吗?!"而更多时候我都是叫他"点点"。我更愿叫这个名字,从他还在襁褓时我便这样唤他,"点点,点点,妈妈的小点点。"这时候的他是柔软的、可爱的、美好的,他就是个孩子,乖巧无邪的好孩子。

他的青春期提前到来,我是个毫无经验又粗枝大叶的母亲。在他首次跟我挥舞起义大旗好像更早些,早两年还是三年?他不再与我亲近,不再叽叽喳喳小蜜蜂般绕在我身旁。他上卫生间不再敞着门,他洗澡的时候不需要我,他反锁着洗手间的门,他说:"妈妈,你不要进来!"他说男女有别,你不许进来,一本正经的样子让我哑然失笑。"我的傻小子知道害羞了。"我呵呵笑着,乐得做甩手掌柜。我没有想太多,没有想到一棵小苗已经挣扎出枝丫,迫切地想要伸展,迫切得有些慌乱有些着急。

一直记得我的点点是个无限依赖于我的孩子。小的时候他偎在我怀里,像个小天使一样赐予我取之不尽的欢喜和甜蜜。上幼儿园时,我说你要一个人睡小床了哟,他说不要,就要跟妈妈睡。等到要进小学时,我说你是小男子汉呢,再跟妈妈睡被同学知道了会笑

我们曾经亲密无间,我们忽而冷淡疏离。你的盛夏,我的暮秋,已然泾渭分明。

话你哟！他歪着脑袋思考了一下，很勇敢地点了点头说："你们睡觉时不许关门。"他的房间和我们的房间门对门，点点是个胆小的孩子，我知道他是个胆小的孩子，可是我还是大声表扬他："点点你真棒！"那时候我迫不及待把他推出去，我的男孩，离开母亲的怀抱，他便再也不肯回归。

有那么两年他睡觉特别折腾，总在半夜时分乱梦惊起，手舞足蹈哭闹喊叫。有时候一夜我要起床数次，不论冬夏，耳边一听到声响就跳下床飞奔过去，安抚陪伴这个白天闹腾晚上梦游的孩子。那时候觉得筋疲力尽，而现在回想起来尽是甜蜜美好。那时候我还有拥他入怀的权利，我乖巧的男孩，还无比依恋母亲的怀抱。却不知只短短数年，我们再不能彼此拥抱，他离开得突兀决绝，毫无征兆。

他真的长大了，唇边冒出细密的绒毛，两腮的婴儿肥悄悄收拢去。他的目光里多了点儿东西，走路跟我隔开一段距离，我追上去挽他的手臂，他一声不吭甩开，眼睛飞速环顾四周，脚下的速度又加快了些。

他不再跟我唠叨学校里的事，我问他话，他或"嗯"或"哦"，语言简化到比做一个动作还要潦草。我再问多一些，他忽然大声，我不知他的声音何时变得浑浊模糊，嗡嗡的，让人听不大清。略微回味一下，我惊愕，他分明在说："我长大了，你烦不烦啊！"这话的表情是嫌弃和不耐烦，他甩下这个表情后就折身进了房间，门砰然合上，我们的世界画下了楚汉之界。

我惊愕！他长大了？何时开始的？我无知无觉！

我有些失落，淡淡的，稠密的，时而惆然时而清醒。他长大了！我慢慢咀嚼这句话，咀嚼，吞咽，消化，这是一个过程，我明白这是一个有些艰难还略显漫长的过程。

第二章　遇见青春期

他长大了，我的小小男孩咬断了与母亲牵连的脐带，他说："我长大了！"甩甩头，关闭了一扇门。

遇见青春期

新学期一开始,儿子帅气的五官一下子就像被抹了层水泥浆,所有表情僵化,连带语言功能也退化,吐字精简到个位数,且辨识度极低,我耳膜里所能清楚捕捉到的几乎都是一个"嗯"字。

"儿子,吃饭了。"半晌无声,再喊,喊回了一个"嗯"字。饭桌上,他眉头紧蹙,手中的筷子极不耐烦地搅动着米粒,我耐着性子问:"怎么了,没胃口?"又是一个鼻音超重的"嗯"字。气氛极其压抑,自说自话地"哄了"几句,把殷切的目光可怜兮兮地投注过去巴结他。还好,母亲柔性的目光里他终于妥协了一下,闷头扒食,倒也没辜负我辛苦烹煮的一桌子"红肥绿瘦"。

饭后,小心翼翼地问其不开心的原因,意料中的不答。我瞅着他面色还算平和,便开始在一旁"自说自话"起来。话题有些老生常谈,心中也无多大把握能起作用,但本着或许多少能被他的耳朵捡漏一二的决心，我誓将唠叨老妈恶名充当到底。

果不其然，再温柔再民主的交谈方式在他那里都逃不出"说教"的恶名，"不要啰唆了！烦死了！"这是开学一周以来他对我吐字最多的一句话，我却不甘心，快言快语又追了一句："带着这种负面情绪学习能给你带来好处你就接着用！"貌似很强悍，用了一种"一言敲醒梦中人"的狠绝语气，而退出他书房时心里却不知有多心酸多无奈！

第二周周六，我去辅导班接他，那算是他比较喜欢去的地方，有他的哥们儿同学做伴，讲课的老师他也明确表示过喜欢。这一天却不知怎么了，接他回来路过一家简餐馆，我说我们在这吃午饭吧，他闷"嗯"了一声。许是车窗外雨声扰人，空气里湿度太大，我没有嗅到他语气里带出的阴湿味。点餐，依然是一问三不答，过程变得有些艰难。好容易点完，坐下等餐时，我只轻轻问了句："你今天怎么了？"他一句语焉不详的话突然就咬着牙蹦了出来。我未听清，追问了一句，却发现他半月来近似塑封的面部表情突然撕裂开来，他的脸上腾起一股黑气，镜片后眼神凶狠，一句话压抑着声调却连嘴角都在频频抽搐……

他咬牙切齿地好像在说："谁像你这样什么事都不用想！"我愣住，第一反应是想辩解，想反驳，想责问。可他莫名的怒气正在肆虐，他的脸投射到我惊诧的眼瞳里是颤抖的压抑和一触即发的狰狞。我在极度的震惊里有些不知所措，又有一种冲动想冲他嘶吼："你以为你老娘什么都不用想，每天能从天上掉下来给你吃给你喝？兔崽子，我天天祖宗一样伺候着你，还每天吸附你那么多的负能量，你以为我是天生的垃圾桶？人造的空气过滤器——"可在这一触即发的微妙时刻，我按捺住了，我低下头，在心里默诵着一句真言：敌进我退，敌退我进；敌退我进，敌进我退……

此刻，我的忍气吞声和颜面尽失都因为我是他的母亲，而他，是我的冤家儿子。

等感觉到空气中那根无形绷紧的弦略略放松后，我平静地抬起头，香气扑鼻的食物适时出现，彼此闷头饕餮，刚好省略去时光钟摆片刻尴尬的停滞。

傍晚，主动向闷坐在书房里作刻苦状的熊孩子抛出橄榄枝："晚上去看部电影吧？"熊孩子脸色有些尴尬，闷了一刻，瓮声问："看什么电影？""《猩球崛起》啊，你说想看的呢。"他不答，可我知道他心里是欢喜的。"怎么样，看不看？"此刻，我用了老妈惯用的俏皮式语音逗他。"嗯——"熊孩子貌似淡定地甩出了他惯用的标准化回答，我"哧"一声笑开，瞅着台灯暖色灯光下那张一本正经绷着的脸，唇边细微绒毛微微颤动，额头鼻尖上几颗青春痘莹莹发光，轮廓分明的脸庞上分明稚气未脱。

晚上秋凉逼人，儿子加了件米色西装，一米七几的个子，英气逼人的脸，修长挺拔的身形把一份帅气演绎到近似完美。我忽然发愣，他从什么时候开始悄悄长成这么大？我怎么就丧失了那一小部分记忆？又在何时，他抛弃了他的明朗笑容？扭转头，心里酸酸涩涩，却终未敢在那少年面前煽情一把。

儿子和我一样是电影迷，除了和同学们挥汗在篮球场，看电影当是他心头的第二好。可乐、爆米花，精彩的剧情总能让他放松和欢喜起来，我把这项娱乐当成缓解我们母子紧张关系和为他解压的制胜法宝。而等电影散场，我的"阴谋"总能如愿实施。

夜阑人静，车窗外晚风频送，城市灯光斑斓如彩色流星依次划过。我貌似随性地和儿子交流起观影感受，他依然少言寡语，却藏

第二章　遇见青春期

不住放松后的心情舒畅。

我便以一个母亲的观影角度审读起今天的电影：猿类领袖凯撒的儿子正当少年，他勇敢、冲动、自负；他寡言少语，本能地排斥与父亲的交流；他身上会莫名滋生出戾气，在是非上概念模糊。他很善良，却因为自身的这些原因容易被人利用，直到吃了亏之后才明白！儿子，其实这凯撒的儿子就跟很多青春期的男孩子一样，你说对吧？我笑着递话给车后座的儿子，他不语，却也没出口打断我的话语，没像大多数时候那样跟我争辩，又或直接出言冲我"啰唆、烦人"。我微微笑开，适时闭嘴，伸手扭开车载音乐，优美的萨克斯风《回家》美妙无比，抚慰着车厢内母子俩安谧的心情。

而明天，这光阴里正在进行时的青春期故事，我不知道会有所减弱还是会日趋旺盛？我想，我还要得做好准备，继续与这恼人的青春期周旋斗争到底。

站　　台

　　雨天，家里牛奶断了三天。不是因为下雨天气，是因为生气，是因为对峙，因为较劲，因为要争个胜负。可，想了想，又想了想，还是出门去买。

　　秋雨绵如牛毛，密密匝匝，轻柔，沁凉。夜色寂静，一个人双手提满了蛋糕、水果和牛奶，踽踽行走在空旷的马路上。秋天的况味浮上来，一点悲凉，一些愁情，一丝离绪，扑面而来。

　　公交站台伫立在路旁，孤单、空旷，玻璃廊檐上雨珠叮当。两幅宽大的广告牌，当红的明星心无城府地龇着笑容，年轻的轮廓，英俊的眉眼像极家中的少年。两排柚木色的长椅在灯光里泛着清冷的光，洁净、平和、安然。走过去坐下，放酸疼的手臂和疲惫的脚步片刻歇息，食物堆在一旁，头顶一盏灯光聚拢住它，仿佛有流淌的脉脉温情四溢开来。风挟着雨丝倏忽来去，眼前嘈嘈来去的车水

第二章 遇见青春期

马龙像极流年若即若离的光景。眼眶里终于浮上来一层湿气，像踟蹰来路上那密密的雨雾。

前天和少年有了激烈的争吵，他突然爆发的情绪天崩地裂，嘶吼变形的脸，狰狞。我被脑海里猛然弹出的这个词语重重击中，我有了痛意，无比尖锐，持久难去。便开始了冷战，互为空气，我说了些狠话想将他的军，我等他低头，等他妥协。

隔天下午他要回校，我在房间里看着时针，等他过来敲门，等他开口让我送他回校。又想，即使他来请求我也不能轻易低头，我对他的好他坐享其成，我当给他些颜色，让他知道没有我他的生活当有多狼狈。心里下了狠，便微信请同学妈妈帮我捎他回校，这次我要把母亲的尊严维护到底，治治他万恶的青春期。这次，绝不能轻易妥协。

到校时间还有 20 分钟，他该过来敲门了。我这么想着，看着手机上的时间一分一秒地过，却听到耳边"嘭"一声响。我愣了愣，不是敲门声，是他走了，他竟然自己走了。

外面下着瓢泼大雨，耳边喧嚣的哗哗雨声刺痛耳膜。绷不住了，追到楼道喊他，没有回应，他已经出了楼道。又跑到客厅趴在窗口望，大雨中他的身影没有打伞，倔强的背影像个悲壮的勇士风雨中前行。心口又堵又痛，赶紧电话同学妈妈，请她路上注意看能不能捎上他。最好能，我怕他出了小区不走大路从公园穿过，那么，他是要淋雨走到学校吗？一个人满腹悲壮，又或怒火未消？或者满心委屈，风雨不管，迟到也不怕，半个多小时的路程消。捎不上咋办？捎不到就算了，好，有本事以后你都自己上学，有本事你就自生自灭，我不会管你了。心里恨恨地想着，颓然跌坐在沙发上，手里攥紧了手机，等同学妈妈的消息。

还是捎到了,可算捎到了。

他在公交站台。

他在公交站台干吗?又没有公交车到学校?

可能想打车吧?

雨这么大哪里打到车?

是啊,这孩子……

同学妈妈叹息了一声。

是啊,这孩子,这些孩子啊!

就是这个公交站台,小区南门出口左拐。不知他站在哪个位置?不知道他心里想些什么?有委屈吗?还是在内心像个勇士般宣扬斗志要与他的母亲剥离开来,就从这个站台开始。

刚上托儿所那会儿他不肯从我怀里离开,老师来抱他,他两只小手拼命拽着我的衣服哭喊着,妈妈救救我,妈妈,妈妈救救我……生死离别的样子。好容易挣脱开,心碎了一地,跑到教室后面的窗户那偷看他,一看就是一小时,一看就是两小时。

小学时接送,离开时笑盈盈地挥手,妈妈再见。走几步又回头,又挥手,妈妈再见。等到放学,远远地飞奔过来,就像一团阳光扑进怀里,心口火热热的烫。抱一抱,再手拉手回家,一路小麻雀一样叽叽喳喳。

牵手,抱抱,话痨,都在初中后结束,再跟他说话,他回答的都是单音。哦。嗯。看着他在眼前拔节,你仰望着他,视线里他的影子越来越远;你追上去,他冷漠的眼神跟你叫停。现在,你进他房间,未等你开口,他说,出去。又说,别烦我。

有公交车响着喇叭过来,司机以为你等车,你挥挥手,心里有些抱歉。来了一辆车又来了一辆车,你挥了几次手终于决定要离开。

终于明白，不是你的班车，怎能随便挤上？告别理所当然，就像季节的更换，就像万物的轮回。

你们又和好了。他吃着你买回的月饼问你看没看新闻。

好多月饼都是去年霉变的月饼回炉的，你知道吗？

他的口气像一个成熟的男人，极少在说话前再加上妈妈这个词语，不像以前，开口先叫妈妈。

妈妈，妈妈，妈妈。

好烦哟，妈妈都要被你叫没了。

咯咯咯，咯咯咯。两个人抱在一起，亲亲，咬一口，挠痒痒，大疯子和小疯子，笑得都要傻掉了。

你只淡淡地说，我知道，你妈又不傻，你放心吃。

他挑了下眉毛，没说话，闷头享用。我们离开餐桌这个站台，你去忙你的事，他回房间做他的功课。各有各的轨道，有交集，有分离，一切自然而然，一切理所当然。

温柔的战事

周五，点哥晚自习回来，吃完夜宵固定节目坐在客厅看电视。他的鼻子仿佛一直在说嗅啊嗅的，喉咙口仿佛刺痒难耐，不停歇地干咳。时值黄梅季，初夏如秋，而他每晚都将风扇架在床尾，冲着头呼呼呼整夜地吹。

我想忍住不说，因为我像唐僧一样对他絮叨过多次，但他依然我行我素，充耳不闻。还是忍不住，即便知道是老生常谈，可没法不谈。

你晚上不能这样吹风扇了，天这么冷。

他没吭声，瞥了我一眼，不耐烦的情绪满溢出来。

你听见没有？你都成鼻炎了，再弄个咽喉炎，整天像老人家一样干咳！

别啰唆了！他一扭头冲我吼了一声。

第二章　遇见青春期

你当我想啰唆吗？你这么大的人了，还知不知道好坏？

他不耐烦的脸上浮现出我最厌烦的神情来，从镜片后斜斜飘出的目光里都是不屑和轻蔑。他英俊温和的脸庞在电视机折射出来的昏暗光线里有些扭曲变形，鼻腔里嗤出一个音调像一口恶心的唾沫钉上我心口。

你什么态度？好坏知不知道？

就不知道了，咋了，咋了？你离我远点儿！他的面容突然丑陋地膨胀起来，戾气和无赖里交缠着丑恶的挑衅。

我心头那蓬火轰一下点燃。

你再这样试试？信不信我巴掌抽你？

我嘶吼的嗓音在客厅里震出愤怒的回音，我以为战争将一触而发。这几年我领教的太多，我们曾一度水火不容。谁知他竟然没吭声，转过头沉默着面对电视。

我在他身后兀自瞪着他，心头余火未消，满以为迎上来的是呼啸的风暴，却不想突然化解成了一蓬棉花。

空气僵持住，几分钟后，我把剩余的怒火转嫁到他诸事不管的父亲身上，我把他爸从卫生间吼了出来，又大声喝令他去洗澡。他竟然一刻未停起身去了，丝毫没有停滞，不像往常，要我催促三四遍。

已近深夜，偌大的客厅阒无人声，电视被他定格在一个画面。我僵硬呆坐的身影慢慢舒缓下来，浊重的呼吸声渐渐轻软，心中还弥留着些许未尽的闷气。许久，看他湿漉着头发过来，清洗过的暴戾少年像从时光机里兜回了原处，他冲我挥了下手，嘴里说了句话我没听清。

你说什么？我的语气里有残留的硝烟味。

他没恼,又说了一遍。他变声后的嗓音很是讨厌,闷在喉咙里又急又钝,我还是没听清。

说什么呢?我略微拔高了声音。

开拔。

他看着我疑惑的表情,又冲我挥了下手。

开拔。

轻松无羁的声音。终于听清了。我顿了顿,忽然奇怪他这么好耐心。

客厅里嘈杂的电视声塞满了清冷的空气,他专注在电视前的面容安静又温和。我从沙发上起身开拔去洗澡,捧了他穿脏的校服扔到洗衣机。心想着明天周末,不用五点多起床,不用等到他近十点钟晚自习回家。明天吃什么呢?早餐,午餐,晚餐。脑海里划过菜谱,一道道琳琅生香。前一刻发生了什么,心头已了无痕迹。

夜深,轻推开他房门偷望。少年沉睡,却见电扇已经移到角落,小风且开了摇头模式,房间里空气清洌流动。成长期的少年内火旺盛,他的燥热也许是岁月分层驱使。

忽然明白,他的盛夏,我的暮秋,泾渭分明。

风扇咯吱作响,想上前关掉,终究没有,轻掩了房门退出。

一夜好睡。

我要离家出走

朋友圈忽然多了许多寻人信息，清一色都是离家的少男少女。仿佛有蝴蝶效应，一桩事出了，就起了榜样作用，屁股后面总会跟上一溜，形成一种气势来。

这样的事情总在循环，起了，灭了，又起了，反反复复，内容单一，情节却让人烦恼揪心。我是一个母亲，家中小儿也在青春期进行时，忽然觉得有话要说。对这此起彼伏源源不绝的离家事件，我不是教育家，我只是想说一说这事件里的是非，不是对孩子，是对孩子们曾经无限信赖的父母们。

我家儿子小时候不太淘，但是非常犟，从小就是革命战士的范儿，犯了错休想他认错讨饶，所以免不了要挨打。那一年不记得几岁了，一二年级的样子吧，不知道他犯了什么错被我训斥，就差要动手了，哪知道他头一仰，突然冒出一句话来："我走了！"铿锵有力，掷地有声。我当时愣了，看小小的他梗着脖子站在那，眼神里储备的不是满满的坚定，仿佛有些狡猾的东西在闪烁。他就那样用小狐狸般狡诈的眼神看着我，我却盯出了他的原形。他是小狐狸我是他妈那就是老狐狸了，我波澜不惊地"哦"了一声，冷了他几秒，又漫不经心地问他："你要去哪里啊？"他愣了，眼神里那束光唰一下收了，我走开不搭理他，再用眼睛的余光去瞄他，看到他讪讪地搬了一张凳子，跑去画画了。

  这是一件事件最初露出的马脚。我记得前些天有亲戚来串门，说起哪家读书的女孩离家出走了，一星期了也没找到，家里大人都急疯了，说只要她回来什么都依她，什么也不管她了……

  我们唏嘘着，慨叹着，却不知被一旁那个小不点儿听了进去。我家的孩子是个人精，他无师自通立马就活学活用了，好在他还稚嫩，好在他尚在懵懂年龄，好在他还未青春期，好在他提前敲了警钟，让我对未来可能会发生的事件有了思考和防备。

  这次事件后我就担了心事。他现在是还小，懵懂知晓了一种要挟大人的手段而已，若等他羽翼丰盈，花朵般的小心肝慢慢长满长硬了，那时候他付之的就怕是激烈的行动了。想到这一层，不由得背上一阵冷汗，心里就开始慢慢有了计划。

  平时看到大街上的乞讨儿童，我都会让小人儿送过去一两个硬币，现在，等小人儿噔噔噔送了硬币回头时我都会面露凄楚之色，大声唏嘘："这都不知道是谁家的孩子哟，肯定没有爸爸妈妈，要不就是被人拐出来的，可怜啊！"我啧啧连声："吃不饱穿不暖的，儿子，你说晚上他们都睡哪儿呢？"我侧过头去问一脸茫然的男孩，他满脸愕然，我也不逼他，第一回合，以退为进。很快答案就自动浮现出来了。

第二章　遇见青春期

这之后，我们都会注意到很多露宿街头的流浪汉。老的少的，一律褴褛的衣衫，一床辨不出颜色的破棉被，就摊在某一处角落。又或什么也没有，只一个蜷缩的身影，彼时夜寒，又或风雨，也或炎夏，蚊虫肆虐，这样的镜头越来越多地呈现在儿子的眼中。

而最初，总会有我的画外音或解说或诘问：这些人怎么这么可怜啊！他们为什么会落到这种地步呢？他们肯定被家里人抛弃了或者自己离家出走没脸回去了！儿子，你说他们会不会被坏人控制了？你看好多孩子都是残废的，报纸上说这些孩子都是被坏人打成残废的呢？我一脸恐惧看着儿子，那一刻我分明从儿子的眼瞳里看出了不忍和惊惶。又看到有年龄相仿的男孩在垃圾桶翻找食物，心中诸多的不忍，可即便这时我也会残忍地说上两句："这孩子肯定没家了，没得吃不说，肯定还要受别人欺负，晚上也不知道睡在哪儿？"

我喋喋不休，儿子默然无语。

从那刻起我知道他再也不会有离家出走的念头，他安谧平静的心里忽然种下了小小的不安和惊惶。而我并不后悔打破一个永远风平浪静的童话世界，有些忧患意识我觉得是必要和迫切的，它的种子应该早早播种，因为我确定这是一颗健康的忧患种子。

等他少年初长成，我们的高度换了个，我从俯视变成了被俯视。他温和的眼神里忽然长了刺，里面有了越来越多的怀疑和不屑。有时候矛盾升级，他攥紧拳头，身子僵成一座冰冷坚硬的塔，这时只有他的面容还是活着的，一种愤怒的"活"。眼睛里喷出汹涌的火，一口牙咬得我满嘴的牙都在疼。而即使在这时，他也不会摔门而出，因为他的母亲早就在之前给他打了足量的预防针。

我说，在他棱角初现时就表明态度："某某某，如果你要离家出走请你想好,你走后你要去哪里?去干什么?是去端盘子、做保安,还是流浪街头?你都想好!另外,我奉劝你别想着去投奔亲戚,亲戚可能会收留你一两天,可是你想过没有?人家凭什么管你吃管你喝对你好?人家对你好是因为爸爸妈妈跟他们有人情来往,如果我们都不要你了,你说人家凭什么?"

我又说,如果你走出这个家门后就别想着再回来!这是我从小到大对他表明的态度,他一直都相信我会做到。因为,我还说了:"你现在有思想了,我可以清楚告诉你,爸爸妈妈现在养你并不是指望你以后回报我们,你要离开这个家随时可以,但你自己想好,你现在有没有养活自己的能力,离开后能不能过得好?等有一天你觉得有能力了随时可以离开,永远不回来也行。只是,你现在要算清一笔账,你现在离开真的合算吗?"

他当然知道不合算,他当然不想去工地做小工去饭店端盘子,他当然也知道在家的日子有多舒适多惬意。他不傻,而他聪明的母亲从小到大都在让他明白着这一切。所以,即使有一次我们母子都红了眼,我怒叱着让他滚,他都坚决不肯滚出去。

这是我要分享给大家的,算不上经验。事无一致,情无相同,只是,听到看到太多少年离家出走的事件,有的回来了皆大欢喜,不过家庭氛围就变得非常薄脆,有些甚至可以用小心翼翼来形容,做父母的身心是何其的累。还有些就成了悲剧,而那一些是我不忍去提的,心绪只要触及,都是刺痛难忍。

我们都有过青春悖逆期,不管是负气出走,还是就单纯为了心头突然萌发的一个美丽的流浪梦,我总觉得做父母的要担起很大的责任。

恃宠生娇,这人一旦娇了,也自然骄了,心里有了这个骄字,那做出骄纵的事来也就很正常了。而大多时候，这"娇""骄"二字都是我们父母给的！又或有父母粗心的，素来不管，把孩子丢给了老辈的人，这样的父母我是鄙视的！他们要反省的东西很多，而我也不屑为他们做指导的。

最后，只有一句话：用心有心，方得始终。这世界风雨飘摇，有些周全，是源于善良的心机。

生日快乐

　　某年某月某日，周三，清晨五点二十，我起床，从冰箱里拿出昨天偷偷准备的小蛋糕。打开，轻轻地、温柔地把它从盒子里拿出来，手指努力维持着平衡，包括心跳，怕稍有颤动就碰花了蛋糕边缘的奶油。

　　小小的蛋糕搁在餐桌上，是一个手工的小四蛋糕。精巧、美丽，没有生日蜡烛，我找来家里的小烛台代替。布置好，叫他起床。高三的孩子每天清晨总是带着起床气，又或者说进入初中后的他就开始自带起床气了。他睡眼惺忪地从房间出来，脸色阴霾如常，我走过去温言对他说，儿子，生日快乐。他的表情像被摁下一个愉快的开关，"叮"一下亮了，唇角上扬起一朵花开，腼腆欢喜的笑容瞬间弥漫少年英俊的脸庞。刹那，他让我觉得生活美好得不像样。

　　这天的朋友圈被一个新闻刷屏，一个引发唏嘘、争论、思索和

第二章　遇见青春期

拷问的事件。

一位年轻的妈妈在产房临产的时候，因为疼痛难忍，因为要求剖腹产未得，又或许还因为有别的更让她绝望的原因吧，她在宝宝即将出生的时刻，她在自己即将成为母亲的这一刻，从三楼产房窗口一跃而下……

没有快乐生育的日子，也没有生日快乐，她把痛苦、争执、追究和疑问留给这个本应特别快乐的日子。

突兀事件在初秋略带凉意又闷湿无比的空气里发酵开来，一个人人熟知又人人漠视避讳的话题，无遮无挡坦坦荡荡地摊开来。

生孩子有多痛？女人们都知道，可这份疼痛是被世人轻视并漠视着的。自古以来哪有女人不生孩子的？就像母鸡要下蛋，没有什么稀奇的，没有什么大惊小怪的。疼？也没见谁生孩子疼死，独你娇贵？世人只消用眼光瞟你一下，嘴角噷出一个微表情，你还好意思开口诉苦招人笑话？

十八年前的这天，我在市医院简陋破旧的妇产科痛不欲生，是真的痛到不想去生不要去生。疼痛是身体唯一清醒的感知，并没有什么伟大的母爱信念支撑，也没有要为了爱人去咬牙拼搏的勇气。几个小时抽筋绞肉般的疼痛让我哭喊着要剖腹产，两位没有血缘关系的姐姐陪着准爸爸守在门外，给我打气，又笑话我不够勇敢，塞了西洋参含片到我嘴里，让我提神蓄力好去生养。

熬不住我剖腹产的要求，找了医生来。医生检查后说，快了，时间到了，如果现在剖腹产得准备，这点儿准备的时间你也可以生了，那之前的苦都白吃了，还得吃两茬苦，值得吗？选择权扔给你，你要怎么选？你还有的选吗？

被拉回产房，家人隔在外面。深夜，偌大的产房空旷清冷，我如一条砧板上被刮鳞剔骨的鱼一般痛苦绝望。医生不定时过来检查。颤声问，哭意抑在喉咙里。还要多久？可以了吗？没有回答，一只手掌直接伸进去，伸摸，按压，不确定，换了一个人过来，厉声叮嘱你别动。疼痛和恐惧让你濒临崩溃，就觉得那只手从你的产门里生生伸进去，尖叫出声，被喝住，手退出来，抑或只是几根手指，又进去，力道更大，多了一根手指？再出来，你分明感觉到整个手掌进去了，生硬、粗暴。羞耻、疼痛、难堪、难以言喻的恐惧浪潮般兜头打来，你死死咬住的最后那点儿勇气一泄而光，只剩下沙哑嘶喊的力气，不知自己身在何处，苍白一片，无根无岸。那只手终于退了出去，医生转身离去……

瑟缩在冰冷的待产床上，惨白灯光下四周空荡，就连一根稻草的力量也汲取不到。而此刻，是多么希望有一句温语又或一只手掌握住你的恐惧安抚着你，一点点一点点安慰也是好的啊。

终于，在排山倒海的疼痛里等来生产。宝宝的头已经看到了，已经无法走动，两个护士过来拽紧你的手臂把你拖过去。赤裸的下身从冰冷的水泥地面划过，被拖行的身子重重坠下。护士深吸了口气，又用力拉起，四只手的力量扣牢你的手臂，手指钢针般锥进肉里，却没有了疼痛的意识。一路拖行扔到产床上，就像一只待宰的——猪。

可怕的清醒的疼痛！可怕的清醒的感觉！

疼痛海啸般撞击着你单薄的身体，溺水的人用最后一点儿绝望又求生的力量，要把自己肚子里的那点儿血肉分离出来。一条腿剧烈痉挛起来，你希望有人帮忙按摩几下，又或者拉直一下，你哭泣声里的诉求无人搭理。伴随着又一阵猛烈隆起的疼痛，耳边清晰听到布匹刺耳的撕裂声，又听到医生的声音从遥远的地方飘过来，好

第二章　遇见青春期

了，帮你生了。一把剪刀剪开血肉的通道，并没有觉得多疼，利刃剪开肌肉的疼痛被另一阵更加尖锐的疼痛淹没知觉。

终于挨过，终于，耳边听到那声嘹亮的啼哭。模糊虚晃的视线里一道白光比手术室的灯光还要亮还要白，一个粉雕玉琢的娃娃啊，被护士倒提着脚在空中哇哇乱舞。

并没有激动的心情，被汗水湿冷的身子在瑟瑟发抖，身体里所有的力量都被抽离干净。一具瘫在手术床上的躯体就像脱壳的魂魄，浮在空旷清冷弥漫着各种药水气味的空气里忐忑无助。

不知过了多久，寂静空气里又听到手术器械冰冷的叮当声。松懈的皮肤又恐惧地绷紧，汗毛钢针般站立起来，却知道不能逃避也无法逃避。前一刻隔壁床位凄厉的嘶喊声还回荡在耳边，这一刻，轮到我要缝上那道被利刃剪开的血肉的伤口。

我知道那是一枚鱼钩一样的弯针，冰冷锋利，针尾穿上鱼线，就像缝衣服一样，一针一针，锥进你的肉里。里三层外三层，再三层又三层，没有麻药，没有任何止痛的药物辅助。就这样一个麻木的人，一双麻木的手生生把你鲜活娇嫩的肉扯牢缝紧！你张大着双腿，绝望地咬紧牙关，还要怎样来形容这样的痛？还要怎样来形容你无助的恐惧、彻骨的羞辱？世人眼里心里，不过是寻常生养，所以，你的哭喊你的害怕都是羞耻的。

重回病房，一如劫后余生。

疼痛依旧，那条生养时痉挛的腿给足了颜色，让你品尝另一种痛苦。肚子里依然作痛，一阵阵的，痛时肚皮高高隆起，仿佛里面还有另一个胎儿。无法排尿，门户紧闭，用尽力气滴尿无出。及至缝牢的下面拆线，有了点儿炎症，又是一种酷刑……

然后，近乎用你的命换来的那个小生命捧在你手心里一点点长大，蜜水喂大的他快乐得渐渐自我渐渐无知。开始不屑你的付出，开始怼你，理所应当享受他的生日。他的欢宴会，你忙碌的身影穿梭在灶台间脑海里倏忽闪过一道白光，手术室里那惨白惨白的灯光和他倒提在护士手里那一道炫目的白啊，从此，你的世界被劈成了两半。

　　他不知他出生时你的痛楚，他不知你的温柔你的心情你浓郁深沉的爱。也是，你和世俗一样隐藏了那些痛，你也被那近千年的愚昧思想同化了，你怕别人笑话，生个孩子而已，而已……

　　而终于有了悲剧，有年轻的妈妈用生命说了"不"字。"生"日艰难，所以便不要这生日快乐了。

　　是不是很痛？比肉体承受的痛更痛？她的恐惧并不都是生育前的疼痛，还有更深的一层。你我都心知肚明，你我还能视若无睹？

　　生日快乐，生养之日也要快乐。不难做到吧？你们都知道，不难的，其实，可以做到不难的！

少年情事

远在他还是儿童时，就向我表明喜欢班里的一个女生。我问他那你喜欢她什么呀？带着戏谑的口吻。

黄毛小儿歪着头略想了想，认真地说，她画画好，她学习也好，她还会唱歌。

哟，多么阳光多么正能量的喜欢。

小小男孩清澈眼瞳里莹莹泛光，还未褪去婴儿肥的脸庞一脸的膜拜向往。

那她喜欢你吗？

我不知道。

男孩沮丧地低下头。

你画画也很好啊，你还会吹萨克斯，如果你再努力一点儿，学习进步的话，你也会像她一样优秀，我想她也会喜欢你的。

她会吗？

一定会。

嗯。

小小男孩受到了鼓舞，忽然就有了努力读书的动力，他冲我用力点头，宣誓一般的应答。

嗯，嗯。

后来，我没有查问结果，他好像也忘了他喜欢的那件事。三年级，是一颗懵懂游戏的心。

再后来其实还是那颗懵懂游戏的心，只是，故作成熟的他不会承认。

初中时，听到传言说他是学校四大校草之一。既是校草，身边自然少不了小女生的崇拜喜欢。这时候的喜欢很盲目，却炽热，一如时下影院里放映的各类青春片。花季如梦，懵懂的爱慕是青春最好的写照。听闻几段似真似假的流言，却并不觉是洪水猛兽，心中嗤笑，小孩子办家家而已。那所谓的懵懂恋情大多存在于同学间的玩笑戏谑声中，是青春期最稚嫩的情感交流方式。

进了高中，有一次我给他看家长群里他们的军训照片，我说这个女孩穿了军装真好看。他不以为然，嘲笑我的眼光，他说，就这个还好看？我们隔壁班有个女神。他用了女神这个词语，不知那女孩是不是真的女神，还是只是他心目中的女神？

果然显出了早恋的端倪，和隔壁班的女神。不知他们私底下怎么交流？操场上偶遇默契的眼神？食堂遇见递上一瓶水？放学时出校园默默相伴走一小段路，周末上网 QQ 里一些知心的话语，秘密的欢喜妙不可言。

那个寒假，我们在无锡逛一家饰品店，我竟不知他何时给女孩

第二章　遇见青春期

买了个礼物，就在我的眼皮底下，一枚精致的戒指。我之后在他的QQ空间看到，无比诧异……

这次是洪水猛兽，他的情绪起落颇大，欢欣、落寞、患得患失。他终于要经历他人生中懵懂的情感，里面满溢着青春的诗和青春的歌，这将是他人生里最青春美好的青春记忆。

多么明亮纯洁的喜欢，多么珍贵的少年情怀，竟是不忍心说破。只是嘱咐他要好好学习，只是暗中观察着他，掌握他周末的动向。一颗老母亲的心终究放不下，还是去打听了女孩。女孩成绩优良，家中父慈母贤，管教甚严。我放下心来……

奈何不多久，女孩父母听到了风声，紧急叫停了这段懵懂情感……我只知道那日回来他狠狠哭了一场，号啕痛哭，哭得母亲的心都碎了。

这样细腻重情的男孩啊，不知以后你还会不会受情感的伤，吃情感的苦。

再至小高考的一天，考场出来，我们被堵在车里。他忽然说，某某某呐。我说谁？他又说了遍女孩的名字。我反应过来，从车窗望出去，看到女孩秀丽颀长的背影，然后上了一辆车。我莞尔，这是我第一次见到他曾经喜欢的女孩。我说，身材很美，可惜没看到脸。我继续戏谑他，儿子眼光就是不错。看到他轻轻咧了下嘴，没说话，英俊的脸上云淡风轻的柔和释然。

这随风而逝的少年情事，在许多年后的光阴里，在他年年岁岁的回忆里，再相逢青春的自己，会不会紧紧拥抱，然后，轻轻说声再见。

再见，青春。再见，女孩。再见，美好的男孩。

心爱的你会离开

夏日某个下午去自助银行，彼时大雨，我撑了一把大伞，还提着一个包。银行的不锈钢玻璃门把手被雨浇得湿滑，伞一收雨兜头劈来，急急忙忙往门里挤。玻璃门后是个台阶，我左脚跨上去了，右脚正往上提，门合过来时，我裸露的脚后跟和锋利毛糙的玻璃门沿磕上了，一大块皮被削了。只一会儿，血一点点沁出来，继而放大，如玻璃门上豆大的雨珠般滑落。

当时只去了药店买了创可贴，下午用了点儿喷雾消炎水，并未顾及其他。第二天，突然发现脚上心爱的脚链没了，愣了半天，才反应过来，玻璃门往下削我脚的时候把脚链也一并削了。无比心疼，这一会儿脚伤都不算什么了，只心疼那根花了我近两千元，又在我白皙美丽的脚腕上摇曳生姿了两个夏天的它。

过了两日，本以为应该好的脚伤却更严重了。伤口开始流出汁

第二章　遇见青春期

水，皮肤溃烂，脚腕一下子肿胀起来。急慌慌去医院，才知道伤口已经感染，而我受伤之处是"皮包骨"，再不处理就要伤到脚腱了。刮了腐肉上了药，剧烈疼痛里心情瞬间阴霾，一种说不上的忧伤情绪潮水般漫了出来。

回家路上拽着儿子坚实的胳膊慢慢挪步，上楼梯时他走在前面，我扶着楼梯把手跟在后面。看着他的背影，高大结实，眼前又浮现出他小小的样子，仿佛就在昨天的昨天。那么近，他却忽然就换了模样。一颗脆弱母亲的心又躁动起来，讪讪地问他。等你上了大学妈妈要怎么办呢？

儿子没回头，他漫不经心地甩了一句话过来，你就养只小狗吧。

可是小狗也不是你啊，它也不会说话，我还是会很孤独啊！

我没有再听到儿子的回答，我这么煽情的话语他没法回答，又何况他从来都是沉默寡言的孩子。

"离开"这个词忽然就铺天盖地地漫上来，是喜欢的脚链，是心爱的儿子，以及许多许多。

年后被庸医所误，现在口腔里还空缺着一处；渐行渐远的青春和再无联系的好友、永不能相见的亲人；还有，那些热烈和激情、真诚和笃信……

有些离开会伴随着长久的疼痛，而有些离开悄无声息，恍若如梦。还有离开是自觉自愿的放手，轻轻松手，放他远飞，而目光里殷切的期待和满怀的思念都要深藏起来，不可以拖坠了他翱翔的翅膀，哪怕千般不舍万般留恋。

年岁痴长下磨叽踌躇的味道越来越浓，有时候跟同学说起，竟如出一辙。中年妇女在一起爱唠叨的总是孩子，我只以为我一人恋儿如痴，听她豪言壮语才知道我差得远了。

她说，我是不离不弃的，他上大学我租房跟去，去国外我也追去，他读他的书恋他的爱，老娘我就得看到他。结婚了我要厚着脸皮住他边上，反正这辈子就得挨着，别想把我甩了。

　　看她那一脸老赖老妈样，得意神情里自信骄傲坚定无畏，我呆住，而她一米九的上高中的儿子在一旁无奈摇头又藏不住嘴角的一抹笑。不过，终究只是豪迈的笑言，之后没多久，同学在她家宽大的阳台上孤单自拍，朋友圈里寂寥的诗句：独自莫凭栏……而那时，她的少年儿子已经远赴欧洲开始了留学生涯。

　　怎么还能那样笃定？如年少时轻易定下一生一世，永生永世，许下承诺又相信诺言。

　　在疼痛里慢慢成熟，沐了许多场风雨，经了多少次离别，又看惯花开花落云来云去。成了型的生活看似牢不可破却永不知明天的脆弱，而曾钟爱的珍贵的也会离开，即使你无限在乎珍惜不舍思念，永恒都成了文字界里一个美好图腾……

你离开我的时候

　　点点第一次上托儿所，托儿所里有滑梯、小马，还有许多小朋友。他有些兴奋，挣扎着从我怀里滑下，摇摇晃晃地奔向滑梯。他一边奔跑，一边挥动嫩嫩的小手，稚嫩的童声连连拒绝着他的母亲，他说，妈妈，你回去，你回去。他不要我跟在他身后，而我，有些不舍，我要把他丢在托儿所整整一天，从早晨到傍晚。

　　等到了第三天，我清楚记得他已经在托儿所里待了两天，共15个小时。我如常抱着他走进托儿所的院门，而点点突然紧张起来，他不再热烈地向院内张望，而是一下转过身趴上我的肩膀上，两只小手臂紧紧地搂着我的脖子。老师过来抱他，他不松手，我把他的小手扒开，他的身子一半倾斜在老师的手掌里，他开始哭，撕心裂肺地号哭。他的两只小手拼命拽着我的衣角不肯撒开，他声嘶力竭地哭喊着："妈妈救救我，妈妈——救救我啊——"

把他的小手指一根一根从我身上掰开,他终于被老师强行抱走。我硬着心肠头也不回地离开,耳膜里都是他的哭喊声,眼眶里雾气弥漫,鼻子也开始堵塞。踅到托儿所教室的后面,躲在窗户边上往里面看,不敢趴在窗户上,只敢把目光拼命挤进去。看到小小的他已经不再哭泣,坐在小朋友中间搭积木。偶尔一抬头,我把身子拼命往回缩,怕与他清亮的眸光遭遇无法割舍,引爆又一场撕心裂肺难分难舍。

而躲闪在窗户后面的还有其他的妈妈,还有,头发花白的爷爷奶奶外公外婆们。

等到放学接他,叽叽喳喳的小鸭子们排着队出来。他看到我,从队伍里张开翅膀向我飞过来,一头扎进我怀里,绵糯的童声唤我:妈妈、妈妈、妈妈。嘴巴啄过来,脸上、唇上、颈上,都是花瓣般的吻。小手搂着妈妈的脖子,好像一生一世都不要再分离。

现在送他去学校,一路无语,到了校门口,有时直接推开车门离开,有时候跟我说"拜拜"。而每一次他道别时我都会莫名地惊慌,不知如何回复他。我想嘱咐他在学校好好学习,可他高大的身影已经跨出车门,我只好从车窗里跟他说"拜拜"。缺乏底气的声音,分明有些讨好。呆呆地目送他的身影在清晨的曙光里一点点离开,走远,没入校园。

节假日的时候拉他出去旅行。他闷闷不乐的,我假装看不到他的不情愿,自顾欢喜地拽着他的手臂。他僵硬着身躯,目光巡视四周,景区空旷,四下无人,他便没有甩开我。终于还是忍不住出口抱怨,他抱怨说,总是让我跟你们女佬家一起玩,无奈不屑的语气。我侧目望他硬朗冷淡的侧颜,眼前浮现的是一张稚气柔软的笑脸。那时候他日日缠着我,复读机一样"妈妈、妈妈"喊着、黏着,还跟妈妈拉钩盖章，永远爱妈妈，永远不分离。

他突然给了我一个新的称呼，他唤我："女佬家！"

快乐的时光，已经有些遥远了，又好像就在昨天。有时候不顾他嫌弃的目光赖在他房间，拿出他小时候的相册一本本翻，看着看着咯咯咯笑出声来。他不作声，在一旁也翻开一本，唇角慢慢绽开一朵笑，稚气的温柔浮上来。我们便挨在一起，也不说话，就只是一起看一本相册，静静的。

我其实已经做好了你要离开的准备。我自懂得，这世上每一份缘分有来就有去。母子间的缘分也是，我知道你也爱我，只是你已经长大，羽翼丰满，我只想你翱翔的翅膀上凝聚爱的力量，以及，承载起珍重的情感。

你会懂得的，是吗？亲爱的孩子，那么离开的时候请再次拥抱，就像我们曾经无数次拥抱的样子。我不会将十指紧紧扣在你身上；我不会要你将我依附的手指一根根用力掰开；我们也不流泪，就微笑着道别。我目送你向远方的天空飞去，而我手中有你留给我的那根亲情的线，我不会轻易拽动，我想念你的时候，耳边会萦绕你的声音：妈妈，你拽拽线我就回来了。

是的，你离开的时候，我知道，你会在我掌心里留下那根回家的线。

第三章　母亲这个身份

孩子，愿你心有所迷，绘画也好，音乐也罢，成不了大师，做不得职业都无妨，只要我们平凡的生命感知到它们的美；我们孤独的灵魂因它们丰沛而满足，我们就还拥有着幸福的能力！

遗忘的词语

晚归，深秋的夜凉意沁人。城市灯火通明，貌似有着热烈的温暖，月光很好，却被挡在了城市虚荣的浮华之外。一个人，踽踽独行，脚步匆匆，心意怅然，有点儿凄凉的秋风里，不自觉地裹紧了单薄的衣裳。

急促地走，内心目标简单明确。寒夜里，回家的路却变得漫长，变得遥远。有些急不可耐的情绪悄然泛滥，更有些彷徨的怯意默默滋长出来。

寒冷间，一个词语突兀地浮现在空白的脑海，很强烈地震撼了一下，继而，顽固地占据了萧瑟的心灵。

这个词语叫"依偎"！一时间，这两个字打动了我。

这是个在记忆和印象中遗失已久的词语。依偎，记不得有多久未曾遭遇，这一份熟悉的陌生，记忆中已搜寻不到它曾经遥远的相逢。

可依偎，却是这样的好。两个简单组合的字，是一件衣裳紧傍在人的身旁，于是有了温度和依托，生出暖阳般的温情，心里便没了畏惧。

依偎，是相互取暖，心有所属；依偎，是互相依靠，心灵依赖；依偎，是摒弃孤独，心的勇敢。依偎，是漫长生命中一份执着的寻找，更是一份责任里自然的繁衍。

这份寒夜里突然涌现的想象，妙不可言。

温暖的词语，轻轻浮现在寒冷的秋夜里，不经意地想起，给心灵带来一种温情的力量。寒意里，回家的路悄然缩短，抬眼间，家的灯光温情流泻，那样强烈地穿过寒夜，依偎过来，驱走一身的寒意。

想到心爱的宝贝，这时候的你已酣然入梦。睡梦里可爱的脸庞笑意盈盈，那是妈妈看不够的神情。深深吻上你光洁的额头，这是妈妈最深情的依偎。与你，生命中妈妈永远最深情的心灵依偎。亲爱的宝贝，这也是你生命中最永恒的温暖。这份依偎，四季如春。

从此记住这个词语。心灵和身体，相依相偎，成为生命的常态，永远不再孤独。

这个一度遗忘的词语，我们不妨再想象更多。只因为这个词语，这样温暖，如果拥有，便成幸福。

抱团取暖

有时候几个妈妈在一起，话题都是自家的孩子。从一个个可爱的娃娃长成一个个讨厌的孩子，妈妈们说起的时候咬着牙，脸上的神情恨恨的，那一刻多后悔生了他们，多后悔自己好端端地去做什么母亲。做了这个倒霉的母亲，剩下的人生就彻底被绑架了，哎，什么时候是个头啊！

不过起初他们是可爱的。说着说着妈妈们就开始回忆了，厌恶的表情退去，甜蜜陶醉的神情浮上来。于是，那些个张牙舞爪的青春期孩子退回到光阴深处，正牙牙学语、正蹒跚学步、会说话了，叽叽喳喳，家里多了个从早吵到晚的小麻雀。妈妈是挂在嘴边最多的词语：妈妈妈妈，抱抱亲亲；妈妈妈妈，给宝宝讲个故事；妈妈妈妈，这是什么那个又是什么？妈妈，那么为什么呢？……十万个为什么，哎，讨厌死了，哎，太黏人了！母亲们眼睛里晶晶亮发着光，唇角含着笑，陶醉在往事，不知多享受那份"讨厌死了"。

殊不知真正的"讨厌死了"来了。妈妈们也是第一次做妈妈，猝不及防、慌乱无措。一向乖巧温顺的娃娃们忽然开始棱角分明，面对着你，糯软的嗓音变得硬邦邦，妈妈这个词语在两瓣冷漠的嘴唇轻微触碰下跳出来，从一张稚气漠然的脸上甩出来的只是一个没有任何情感温度的称呼、符号，且能省则省，能弃则弃。不耐烦的表情旗帜分明地对立在母亲的关心前，他们寡言，母亲必须少语。总有母亲忍不住，话说多了直接被怼回去，怼得做母亲的心酸难受。他们视而不见，脸上有压抑的冷峻，仿佛拼命按捺着的是内心汹涌的火山，溅上丁点儿火星就要爆炸。

有妈妈开始抹泪，垂头时披散下来的头发里闪烁出几点银光；还有妈妈喃喃叙述被老师传唤到学校，体面要强的女人站在教室走廊里垂着头被老师数落教训半天；有个妈妈说已经一天没有吃饭，心口难受，女儿忽然离家一天，回来轻巧巧地说去同学家了，找得急红了眼的父亲抢了她一巴掌，她竟扑上去咬了她爸一口……

不知道哪里出了问题，我们小时候记得也没啥青春期啊！妈妈们开始追溯，寻找答案，摊开的手机微信收藏里是各类成长话题、教育文章。妈妈们是爱学习懂接纳的妈妈，可是，她们找不到一味对症的良药。

一筹莫展的母亲们变成了焦虑的母亲，极度的焦灼和纠结中她们怀疑自己就要早更。皮肤晦暗了、月经量少了、脾气急躁了，套用时下一句流行语，当更年期遇上青春期，怎么办？怎么好？所以，焦虑的妈妈们怎样都要挤出一点儿时间，在周末孩子去上补习班了，或者和同学去打球看电影了。反正尽量挤出点儿时间，找一个幽静的茶座，用茶水清洗下郁结一周的心和肺，吐吐槽，委屈和眼泪也可以脆弱释放，大家都一样，谁也不会笑话谁。

聚起来，才发现自家情形不是个例，心里便舒缓了些。聊到后来，那些个小孽障不过是孩子气，他们懂得什么？做妈妈的怎么可以计较？还得加油啊，陪伴他们引导他们走过这一小段迷茫时光。这青春期湍急的河流蹚过去就好了，蹚过去可爱懂事的宝宝就又回来了。妈妈们眼角的眼泪还未干，脸上的笑就出来了。

抱团取暖原来可以滋生力量，不是孤立无援削弱的信心就能再次聚拢。一周的仗打完了，提前散吧，先去买点儿孩子喜欢吃的菜，再去接上孩子，母子俩心情都好的话还可以在车上聊上几句，周末嘛，总能放松点儿。

母亲这个身份

终于在凌晨十一点，发了一条朋友圈：我是个迷失了方向的焦虑的母亲，这是我唯一存在的身份！

如果，再不找个出口宣泄；如果，不在假设中求得外援；如果，我孱弱到放弃挣扎的勇气；如果，我不用力敲打自己的身份，那么，我将与它一同沉沦，并加重它的重量，坠向深渊。

是不是夸大其词了？是不是我太脆弱？要求太高？不是，都不是，我只是想好好地审视一下，一个母亲的身份。

起初是被动懵懂地成为一个母亲。

自己还稚气未脱，脑海里还充斥着少女梦幻般的美好，双脚还飘浮在半空中悠悠晃晃，就被一个突然降临的婴儿狠狠拽落尘埃。有点儿蒙，手忙脚乱，来不及思索又或者做出类似于拒绝和考虑的动作，身份就悄然有了转变：从少女变成了妇女，从曾经的女儿变

第三章 母亲这个身份

成了一位母亲。

起初,惊慌之余自然也是欢喜的。多可爱的娃娃,小天使一样,他哭他闹他笑,他的吃喝拉撒都让你惊奇、惊叹和惊喜。等到他会说会唱会走会跳,呀,那简直就是天赐的宝贝。他小嘴巴甜甜地喊着你妈妈,肉嘟嘟的手时常伸过来讨要抱抱,贴着你黏着你哄着你骗着你,让你觉得做一个母亲就是这么简单又快乐,让你心甘情愿接受了母亲这个身份,陶醉其中无比骄傲。

年轮在不知不觉中画着一个个圈,一个简单的圆,两个清晰的圆,一眼望去透彻明亮的圆满。然后,一个个圆叠加起来,让你目光里注满瞭望不透的扑朔迷离。成长的圆圈密密麻麻,渐渐有了谜一样的深意。

忽然就失去了幸福快乐的为母体验,像被一道突兀的雷电劈过,开裂、疼痛、惊恐、无措,分崩离析。

迈入青春期的孩子无师自通学会了变脸神技,冷脸、黑脸、凶脸轮番上演,独独遗失了那张稚趣可爱、如沐春风的脸。而母亲的面容除了一贯的温柔慈爱,突然被动收获了惊愕、无奈、难过,还有深深的无助。

曾经亲密无间的男孩成了冷漠对立的小冤家。被老师传唤是家常便饭,对你不屑一顾已经习以为常,冲你瞪眼嘶吼更成了生活日常;动辄要离家出走是貌似平静日子下面深埋的地雷。而作为母亲的你人近中年,生活诸多压力,更年期蠢蠢欲动,诸多不良情绪压在心里日日无声发酵膨胀,几近崩溃。

真正不知如何好了,那个天使一般的孩子当初有多可爱现在就有多可恶。他藐视你激怒你,他无火自燃,分秒间把你怼哭,让你愤怒抓狂,让你不知所措无言以对。放弃他吧,由他暴戾由他去作。

你一个人坐在黑夜的车里无声痛哭不肯下车回家。心口窒闷拥堵得透不过气来，真想也如他所言离家出走远远逃开，逃开一个在成长路上忽然变"坏"的孩子，逃开一场叫作青春期的浩劫。

心中暗想，如果振臂一呼，不知道有多少母亲要加入这场浩浩荡荡的逃难队伍。

还是冷静下来，在酣畅淋漓流了一场泪以后；在一个人近似歇斯底里的宣泄以后，你想起自己是一个母亲。你忽然觉得自己对母亲这个身份没有好好了解过，你开始冷静理智地审视起自己母亲的身份。

是你赋予他生命把他带到这个世界，从他出生的那一刻起你其实并没有准备好，你只是懵懂被动地接受了母亲这个身份。又或者说当你的孩子一声一声叫你妈妈的时候，你并没有想到自己已经成为一个母亲。

妈妈这个词语美好轻快明朗简洁，你接受得欢欣自然。而母亲这个词语她厚重庄严神圣，她从苦难中淬炼而出，她内涵深厚责任重大，她肩担生育抚育教育的重任，她的使命是海洋般的浸润包容和从不言弃。

"被母亲放弃的孩子会是怎样？那么他就等于被全世界抛弃了。"你忽然被脑海中浮现的这句话击中，打了个寒战。真是昏了头了，你竟是如他一样没有长大长熟的孩子！深呼吸，把身体里母亲的力量聚集起来，慌乱和消极的情绪潮水般逼退，你要把母亲的旗帜高悬心头，要好好护佑领航那只被青春期庞大汹涌的潮水拍打冲击的小船，风雨可渡，沧海能越。

你不可以退却，你要时刻记得，你是一个母亲，你要做坚定勇敢的母亲！

看我七十二变

记得自己以前是不会做家务的,我想太多的女人在自己还是年轻女孩子的时候都是不擅长家务的。

是从哪一天开始?是跟了那一个人开始,有了自己的小家庭,那么一个家的琐碎事务,吃吃喝喝就都落到了你的身上。起初还可以简单些,起码做饭简单些,不会做的菜不想做的菜就避开它,不想做了就叫个外卖用一些小吃来搪塞一下自己的肚子。

可是儿子出世了,突然发现有很多事情不能再简单对付了。儿子得要营养啊,鲜鱼鲜虾、活鸡活鸭、红烧清蒸、煸炒煨炸,我也不知道从什么时候起就变成了一个超级大厨。

我有了太多的第一次。第一次杀鱼,没人教,因为大致知道杀鱼的程序,我要的其实就是一颗勇敢残忍的心。手握菜刀的时候我的心在微微颤抖,我有些害怕,更厌恶即将来临的血腥场面。可是,我深信着一句话：人都是逼出来的。人家能行的我就应该行，都说小孩喝鱼汤会聪明，我总不能永远不让我家儿子喝鱼汤吧。虽说菜场上有人帮忙杀鱼，可有亲戚从乡下带来水库的鱼，那味道又怎是菜场上那些饲料鱼可比？我想，总有第一次的，想着鱼汤的鲜美能落到咱儿子稚嫩纯洁的味蕾上，我的心上就漾起了柔软的欢喜，心里柔软着，手下就用了狠。

有时候我很佩服我的聪明能干，随便瞎蒙着做的菜也会被人交口称赞，从没做过的菜估摸着去做大致都取得了成功。第一次杀了鱼、第一次学着做了肉圆、第一次包了馄饨、第一次……说不清的第一次累积成一层麻木的厚度，再面对第一次的时候我没有了最初的踌躇和紧张。

今天，有亲戚送来一条近20斤的大青鱼，水库的青鱼，绝好的品质。我面对着它，有些犯愁。这么大的鱼，我该拿它怎么办？孩子他爸在一旁冷眼旁观，说："不想弄就把它送人好了。"我知道一直以来是我纵容了他的惰性，这一会儿他生怕我拉上他来帮忙。

我望着那条大鱼有种无从下手的感觉，可是，我一想这鱼头可以红烧或煨汤，鱼身我可以把它腌上。这么好的大青鱼啊，味道该有多么鲜美，要知道现在这样好品质的鱼已是极其珍贵了。

咬咬牙我决定还是自己动手，好在鱼在送来的路上已经"牺牲"了，这样就省了好些我跟它搏斗的力气。可是，它的鱼鳞也太难弄了吧，我刮几下歇两下，一会儿手臂就觉得挂下来般的酸疼。折腾，用了全身的力气跟这条鱼折腾，这真是一场费时费力的工程啊！即使我万般小心，手指还是挂了彩，鲜血渗出来与鱼血混在一起，黏黏的鲜红一片。忽然感觉到自己的残忍，可我迅速把这份矫情的情绪压了下去。我想，我只是平凡生活中最普通的一个妇人，这是生活的常规现象，我不应该也不需要去感叹什么。

鱼身很重，孩子爸在一旁观看我笨拙的表演，又或感觉有些微过意不去。嘟囔着："让你送人又舍不得，自己找罪受。"却不肯过来帮我一把。

想起身边也有好些幸运的女人，娇滴滴地炫耀着："我可不会做饭，打小我就没做过饭。边说边把自己的纤纤玉手伸出来左看右看，珍宝一样炫耀着。"

这样的女人自然让人心生羡慕，家里吃喝一向有婆婆伺候着，要不就从结婚起始就藏了心眼儿，把老公培养成了一个家庭妇男。我身边就有这么一个朋友，她骂我傻说我活该，信誓旦旦教我："从一开始你就不能去做，知道不？就认准了你是真不会，偶尔去做吧你也得摆出一个家务白痴的样子，让他们知道，不是你不想做，事实是你真不会做，这样一来养成了习惯你不就彻底解放啦。"

我很佩服我这个朋友的智商，也羡慕她的好命好运气，一个女人从结婚之前到结婚之后都能十指不沾阳春水，这不能不说是一件让人艳羡的事情。可能我真是属于比较傻的那一种女人，事实也是身边实在没有依靠的人，我只觉得现在我是儿子的依靠，也是我们这个小家庭的依靠。自家的生活又何苦去摆弄小心机，我宁愿接受所有家务的第一次，也不愿意接受把心机带回家庭生活的第一次。

从来都没有笨女人，只有懒女人，那些娇滴滴喊着自己笨的女人们说到底还是懒惰作怪罢了。

鱼，我终于把它伺候完了，鱼头放入冰箱等着明天红烧，鱼身暂时放在一旁，等晚上我来琢磨怎么把它腌上。

现在，我把亲戚带来的一只土鸡侍弄干净，用文火煨上，儿子每天中午都在学校吃快餐型午餐，晚上这香浓的土鸡汤肯定喝得他眉飞色舞。

  好了，我得稍微休息一下了。泡一杯花茶，打开电脑，走出生活的庸俗琐碎，释放一下我骨子里的小资情调。音乐，文章，呷一口清甜的花茶。咦，手上怎么还有淡淡的鱼腥味，难怪刚才他爸不让我碰他的茶杯，说会把鱼腥味带上。唉，洗了几遍这腥味竟是退不下去。算了，腥就让它腥吧，这其实也就是真实的人间烟火气息。这一会儿，手上的烟火味和心中朦胧的小理想有机组合，敲一篇实实在在的文章，也算是赏心乐事一件了吧。

  呵呵，这会儿鼻息间已经嗅到浓浓的鸡汤醇香了，今天这样阴霾寒湿的天气里，这便应该是家的味道了吧。

岁月旧滋味

记得小时候物质匮乏,乡下人家的饭桌上更是寡淡清贫,一到夏天家人就会把吃剩下的西瓜皮炒来吃,桌上几乎天天都能看到它的面孔,面孔之熟一度让我深恶痛绝。

近些年,去装潢华丽的酒店吃饭,忽然发现乡俗百姓常吃的西瓜皮竟也登了大雅之堂。在酒店富丽堂皇的灯光下,绿莹莹脆生生油亮亮盛装在洁白骨瓷里的那味菜肴,服务员给它另起了动听美丽的菜名,可在座的宾客入口咀嚼,一口就嚼出了儿时的味道。眼前的它已经褪去了以前的那份简陋粗糙,在岁月里沉淀下一份精致和优雅,而这份优雅又恰恰唤起了太多人儿时的回忆。

此种邂逅多了,我的回忆里便也升腾起一缕怀旧的情感。这一天和老公一人捧吃了半个西瓜,眼瞅着眼前被掏空的西瓜忽然就动了心。左看看右瞄瞄,看那瓜皮很厚实的样子,心想:这瓜皮刨了估计肉头还很厚，炒着吃味道肯定不比酒店吃到的差。

　　说干就干，虽然从未做过此道佳肴，可一向自诩为巧妇的我暗忖这一碟小菜肯定难不倒我。我先费了老大的劲儿把瓜皮和里面残留的瓜瓤给刨得干干净净，冲洗后感觉水分太多就把它晾到了太阳底下。彼时还没有"下厨房"这样的做饭神器，我就去网上跟朋友们采集意见。

　　一听说我要炒西瓜皮这味古老的菜肴，朋友们七嘴八舌给出了一堆意见。有说要先把瓜皮弄干净后晒半天后再炒，我刚觉得自己有先见之明，就有朋友抗议说瓜皮不能晒，晒了就不脆了，赶紧拿回来。我一愣，被朋友凛冽的抗议气势吓到，赶紧"腾腾腾"跑到阳台把瓜皮从花架上端了回来。才放下瓜皮马上又有朋友说，瓜皮当然要晒啊，不晒水糟糟的怎么好吃？呃，有道理，便顾不上说话赶紧又把瓜皮送回太阳底下。就这样，端出去，端回来，朋友们为了我那倒霉的瓜皮在网上吵了个热火朝天，而我自认为聪明无比的脑袋瓜子也一片晕乎。最后，我们终于在网上达成一致，瓜皮略晒十几分钟取回，然后切成细条状用盐腌上半小时，挤干水，放油热锅快炒，根据自己喜欢的口味配料，当然，其间辣椒是不能少的。

　　晚饭时分了，家里吃饭的都坐上了桌，我怀着万分激动的心情捧上了我的杰作。孩子爸抢先下筷，我满心憧憬地仰脸看着他，期待着他口吐莲花夸奖他的贤妻。可谁知，他嚼了两下表情竟然变得呆滞起来，如同被按了暂停键的机器，他的咀嚼功能忽然就停顿了下来。而一旁儿子的眉头更是直接皱了起来，小子还不懂得含蓄，不管不顾地大声嚷嚷起来："妈妈，你炒的西瓜皮一点儿都不好吃，难吃死了！"一盆冷水兜头泼下，我赶紧拿起筷子夹起我的杰作尝了一口。可不是，软塌塌，肥厚厚的，跟记忆里吃过的香香脆脆的瓜皮相差太远了,怎么会这样啊?

  还是孩子爸为我解了密,我这才知道,炒西瓜皮要挑皮薄的瓜皮炒才能又脆又香,而不是我自认为皮糙肉厚的瓜皮炒着才好吃。

  而岁月里的那些老味道旧滋味,总以为他们会在纤柔的时光里原地等候,却不知,分别太久,他们也会老去。

捡了一条狗

妈,我捡了一条狗。

什么?

我捡了一条狗。

在哪?

图书馆这儿。

一张图片出现在手机屏幕上,果然是一条狗,一条小小的小奶狗。

我带它回来。

不要,不要带回来。

先带回来。

不要,我不要养,千万别带回来。

不过十几分钟,他就带了它回来。这是他高考完的第二天,他

第三章 母亲这个身份

约了同学在小区对面的图书馆见面,然后,三个大男孩用一个挎包兜着一条小奶狗回来了。

我打开门,三个大男孩杵在门口,我差点儿被那道青春的光芒闪到了眼。

阿姨。

呃——

小狗先放在这,如果你不想养的话我明天来领它回去。

那个说话的男生小心翼翼地捧着他的挎包,腼腆温柔的样子实在可爱。一个小家伙在包里探头探脑,乌溜溜的黑眼珠,一对招风大耳朵。

哈,小狗在他包里撒了泡尿。

儿子指着他同学嘿嘿地笑,三个大男孩一起嘿嘿地笑。

小狗被递到了手边,不自觉地就接了过来。

阿姨,我们先去玩了。

好的好的,你们去玩吧。

阿姨再见。

再见再见。

他们走了,把一个黑乎乎的小家伙留在了我手里。不是说好不养的吗?呃,明天就让那个男孩把它接回去。

晚上,小家伙就睡在床边上,用一件旧T恤裹住它,留一双黑漆漆的大眼睛和一对小蒲扇般的大耳朵在外面。

太乖了,实在太乖了,就那样乖乖地趴在那,用一双无辜的大眼睛晶晶亮地看着我。心要化了,不要看不要看,赶紧转过身。再偷偷看一眼,唉,太萌了,实在太萌了,那小小乖萌的样子,那双孩童般乌黑清亮的眼睛一闪一闪地看着我,无辜的小可怜样,怎么办？怎么办？心真的要化了。

  第二天，咬咬牙，还是不能养。家住五楼养狗太麻烦了，吃喝拉撒，每天还得下楼遛它。吃喝还好，想到一只狗狗的拉撒我就头大，小伙子上了大学一走了之，说好听点儿他是给我这个"空巢老人"找了个伴儿，说难听点儿就是给我找了个麻烦。

  其实，最实在的原因还是怕负责任。这个世界上很多人都怕负责任，很少有人愿意去主动承担责任，我也是。

  狠狠心让那个同学把小狗接了去。第一天，有点儿想念，想床前那个歪着头用乌溜溜的大眼睛看着我的小家伙。第二天，想它把塑料水果盘叼到我面前的傻样子。我用塑料水果盘装水给它喝，水喝完了，它竟然把塑料盘子叼过来放在我脚下，然后就蹲在那仰着小脑袋眼巴巴看着我，呆萌的机灵样，简直是条神狗啊。第三天，我问儿子，小狗在你同学家好不好？儿子说不好，同学把小狗送给她表姐了，表姐家猫老跟它打架，欺负它。

  那怎么行？

  他表姐说要把小狗送掉。

  送哪儿去？

  不知道，随便送哪儿吧，要不扔外面让人家捡去。

  那怎么行。我失声。

  那你养它啊！儿子狡黠地眨了眨眼睛。

  我被他的话噎住，闭牢嘴巴走开。兜了一圈我又回来，我支支吾吾地不知道要表达什么。

  儿子说，你到底怎么个态度？

  考虑下，我再考虑下。

  我又把嘴巴闭牢走开了。

一直到晚上，我说，要不我们明天去看看小狗吧？儿子说不看，要么你就养它。他用了激将法。

听到他跟同学微信，说小狗要被送到乡下鱼塘去。

那怎么行！我又失声。

不行你就爽快点儿养它，明天想养都没得养了。

那——养它？

养现在就去接它，决定啦，决定我跟同学说了啊。

我还在犹豫，儿子已经微信同学，一会儿来接小狗。

尘埃落定，木已成舟，反悔好像也不行了。

那就去接呗，把小可爱小可怜小乖乖接回来，接回来后才知道它就是个伪装者，根本就是个小讨厌小麻烦小坏蛋嘛。

原来第一天的乖巧样子都是装的，这是条太有眼力见儿的小狗，知道你喜欢它就开始原形毕露了。调皮得不行，淘气得不行，自由散漫得不行。随地大小便，上蹿下跳，肆意拆家，楼上楼下，简直就是它的欢乐场。我整天忙着给它搞卫生，儿子只负责逗它玩，其他是一概不理的。偶尔我外出回来，看到一地板白色餐巾纸像白云一样摊在那。

耳朵拉了，你去弄一下。

我哭笑不得，狗狗拉了，他只负责用餐巾纸遮丑，一处一处"白云"盖好，等他老母亲回来清理。

我恨恨地去做铲屎官，厌恶死了这个词语。喉咙口绷不住，跑到水池边呕吐，一旁闹腾撒欢的小东西吓到了，一脸蒙地看着我，我咬牙切齿地对它说，明天就把你送走，明天，一定把你送走。

一直到现在，一年又七个月，还是没把它送走，它赖在了这个家里，成了这个家的一分子。

你离开我的时候

它现在长大了,和小时候换了样子,黑黑毛色换成了灰色,小猎狗的模样变成了放大版的泰迪,脑袋长大了,耳朵变小了,可我们依然叫它"耳朵",一只不长"耳朵"不听话的"臭耳朵"。

我从没有抛弃过它,从决定养它的时候我就做了决定要承担这个责任。小时候它拆家,啃了书架,啃了电视遥控器,啃了我的新衣服,逮到什么它就啃什么,我一度怀疑它身上流着"二哈"的血。近一年里家里都是一片狼藉,也揍过它,可从来没想过要抛弃它。儿子叫它"狗狗疯",我说它是你带回来的,果然继承了你的臭德行,他给我翻了个大白眼。

同学说就没见过你家这么丑的狗,怎么养这么丑的狗。她称自家的胖斗牛犬为"小天使",我把她发来的视频给儿子看,哈,分明是一只在打呼睡觉的小肥猪。果然是"癞痢头儿子自要好",她家的"小天使",我家的"狗狗疯",都是彼此眼里最好最美的。

有朋友说"耳朵"是条不值钱的串串,种不纯,把它送去乡下鱼塘送你一条纯种的好狗,多么美多么好,多么聪明多么高贵。言语煽动诱惑十足,我不要,坚决不要,从决定养它那一刻起我就跟它有了契约,我就在心里做好了担当这份责任的决定,善待它,不离不弃至它终老。

它老了怎么办,十几年的光阴,我要把它安放在何处?楼下的小公园怎么样?趁着夜色偷偷挖个坑把它埋葬在那,我在楼上推开北窗就可以看到它,我们永远不分离。唉,眼睛突然就潮湿了。

养育它的时光就跟养育熊孩子的时光一样,几多欢乐几多愁。调皮捣蛋不说,还绊住了我好容易解放的自由灵魂。说好儿子大学后我要广阔天地天马行空自由潇洒流浪地球的,可现在却被它牢牢拴住了脚。

第三章 母亲这个身份

它生病了,三天不吃不喝,眼看着一只小胖狗瘦骨嶙峋,被它急出一嘴的燎泡,怕是"细小",还好它够顽强,又"活"了过来。呃,果然是捡回来的狗命大。

想起它之前也捡过狗,有一只捡回来后一直吵闹,儿子竟然拿了平板电脑放音乐给它听,一本正经安抚它。没多久,万能的朋友圈帮它找到主人领回去了。

还有一只狗我叫它"丢丢",它和主人失散了,在小区里跟人屁股后面走,走一段感觉不对又走开。我每天都会看到它,我想把它领回家,可它不愿意,它执意要找它的主人。正是冬天,外面很冷,它不肯跟我回家,也不肯在楼道里过夜,我只能每天给它喂食,在楼下空地处放上食物和水等它自取。后来只要我出门它就会跑过来跟我撒欢跟我亲昵,有别的小狗亲近我它还吃醋,冲人家狂吠。

只是它到底不肯把我认作主人,它每天都在寻觅,有人走过就跟在后面走一段确认下。嗒嗒嗒,嗒嗒嗒,它跟随着,张望着,它的毛色渐渐黯淡下去,它变得有些消瘦,但它还是很快乐,它在外面流浪着,寻找着,不知为何它的主人没有来找它。

那年除夕中午我下楼给它喂食,隔壁楼道的陌生邻居从一旁走过,问我,这是不是你养的小狗?我说,不是,它是"丢丢",是一条走丢了的狗。邻居说,我可以把它带去乡下我妈那吗?我说,好的好的,这样好过于它在外面流浪,换个环境它也许就能把主人忘了。邻居把它抱起走了,我忽然感觉很失落,回家后跟儿子说起,儿子说,我好像看到它从车上跑下来了。真的吗?真的吗?我跑到窗户前张望,那一刻心情竟不知是酸楚还是欢喜。

可我们最终没有再相逢,我每次下楼都希望它和往常一样从某个角落冲出来,绕着我脚摇着尾巴围着我转。它真的从车上跑下来了吗?那它是不是生气了,怨恨我抛弃了它,从此再也不来这个小区?还是儿子看错了,它已经去了乡下,这么多年了,不知道它还好不好?我再没遇到过那个陌生的邻居,我再没有它的消息。

去年冬天去小区对面公园遛"耳朵",看到一只小奶狗摇摇晃晃在马路上,小身子冷得在发抖。跑过去把它捞在手里,那么小,一只手就握住了它,一只瑟瑟发抖的小土狗。不忍心放下它,跑到马路上被车撞了怎么办?这么冷的天冻死了怎么办?只能先把它带回家。孩子爸拼命抗议,一只"耳朵"已经是个甩不掉的麻烦,再来一只简直没法活了。

在朋友圈发了求收养信息,有常州的美女专程开车过来接它回去,她问我叫它什么名字好,我说就叫它"丢丢"吧。幸运的"丢丢",遇到了善良的"仙女",在常州有了温暖的家。几个月后,我看到美女发来"丢丢"的视频,长大了,在她爸工厂的院子里,跟两条狗狗撒欢追逐,快乐得不成样子。

这也是命里早就埋伏好的缘分,安排你们遇见,安排你们交集。这世间的一花一草,一风一雨,相遇都是缘分,值得温柔相待。

儿子在家庭群里问,耳朵呢?大多时候这是他跟我们交流的主要内容。彼时,我正坐在公园的木椅上眺望远处的秋景,"秦耳朵"安静地蹲坐在我脚边。我现在喜欢叫它"秦耳朵",因为它是讨厌的小秦同学给我捡回来的"小麻烦"。

我拍了照片给秦同学,还在照片上配了一句话:老人与狗……

他没说话,发了一溜儿发呆的表情给我。

那些美好的时刻

此刻,我正坐在洒满阳光的南窗前,翻看儿子刚发来的小视频。视频里他穿着白衬衫黑西装,悠闲地吹着萨克斯,深情优美的音乐和潇洒英俊的样子让人深深着迷。

这是他进入大学校园的第二个月,他告诉我参加了学校的西洋乐团,跟我说要在学校的迎新晚会上演出。数月前阴霾沉郁的脸色豁然开朗,此刻,他是一个自信快乐的好少年。

小时候,他喜欢画画。或许每一个孩童时代的热爱都热烈单纯,因为心无杂念,所以心思纯粹。他画完海绵宝宝又画《西游记》里的人物,画完花草画动物,他画幼儿园的小朋友和老师,画无数个爸爸妈妈,眼瞳里满溢出晶晶亮的欢喜和快乐。三年级的时候送他去学萨克斯,一样是心无旁骛的专注和热爱。每学完一首曲子都要为大家表演,而每一次收获的赞美和掌声都让他无比自信和自豪。

无论是他单纯爱好，还是我有意培养，浸润在艺术熏陶里的童年时光，我坚信这将是滋养他一生的快乐养分。

不知道从什么时候他开始抵触，不再画画，也不再碰萨克斯。有时候在他学习空闲的周末和假日，我说："你把萨克斯练练吧，或者画画放松一下。"他拔高的身形和日趋坚硬的面部轮廓僵硬着充满了排斥，说得多了，直接一句话怼过来。"学那些有什么用？中考有用吗？高考管用吗？"我怔住，他自以为是的成长里让他懂得了许多"道理"，而繁重压抑的学习生活也焦虑和浮躁了他的心灵。是啊！画画和音乐有什么用？管不了温饱，替不了分数，不过是一种无聊的消遣罢了！此刻，他满心这么想。

我仍然坚持。新房搬家时四面刷白的墙壁苍白清冷，我问他该怎样好？他沉吟片刻说："挂几幅画吧。"

"那你来画吧？"

我扭头笑望着他。

"我怎么行？再说我也没时间啊。"

他有些羞赧，坚硬的面部线条柔和下来。

"那你来挑。"

他答应下来。那几日，在紧张枯燥的学习生活外，他休息的时间都在网上浏览选购。

"国画应该配中式装修，油画跟家里的装修氛围比较搭。"

"大师的仿制品我们也买不起，印刷品就没意思了，不如买几幅年轻画家的原创，支持梦想，挂在家中也比印刷品有感觉。"

我望着电脑前的他，久违的专注和快乐又回到他身上。他欣赏着美、审视着美，也为自己和我们的家订阅着一份来自艺术的美。而他并不自知，他这份对美的鉴赏能力，正是来自他童年时期的艺术熏陶。

画选好了,他在网上订购了一位年轻画家的原创作品。他和那个年轻人沟通,表达自己期望看到的艺术风格,以及他喜欢的绘画手法。画收到后,他亲手把它们挂到墙上,站在那静静欣赏。我用蓝牙音响播放起他以前录制的萨克斯曲,空旷的房间里充盈着优美的音乐声,温柔的灯光下,我看到他的嘴角轻轻上扬。

蒋勋说:"生命中最美好的时刻,常常是你把现实的东西都暂时忘掉的时刻。"这美好的时刻是什么?是你去听了一场音乐会、看了一场美术展,是你带上画板去郊外写生、心血来潮时的信手涂鸦,又或者静静地读一首诗、弹奏一首自己喜欢的乐曲……时光静谧安好,世俗烦恼烟云弥散。现实的东西又是什么?是我们努力工作挣得的温饱,是追逐不完的名利和永不满足的欲望。而人类从原始社会进化到 21 世纪,早已过了谋求肉体生存的时刻,愉悦精神的,恰恰是与我们物质生活无关的那些无用的美好消遣。

不能想象,这世界离开了音乐会是怎样?还有文学、书画、摄影……那些与我们生存温饱无关紧要的东西,试想一下,如果从我们的生活中彻底消失,会不会是一场灾难?丧失对美的感知和美的体验,灵魂和精神都将日趋麻木荒芜,而快乐和希望也会变得渺茫稀薄。人类进步的脚步戛然而止,无趣的生活里也许一根轻轻的稻草就可以压垮全部。

安德烈在给他母亲龙应台的信里面写道:"音乐,已经成为我呼吸的一部分……MM,你'迷'什么呢?是不是和音乐所带给我的一样,一种独特的,除了你自己之外没有人能窥探的一种私密的、私己的美学经验?"不知道我上了大学的儿子是不是也突然有了这样的体验?曾经被他抛弃的无用的音乐,让他的大学生活变得丰饶有趣自信快乐。在他往后的成长里,他会渐渐发现,一路衣食住行的奔波枯燥辛苦,物质撑得过饱后身体越发疲惫倦怠。他会沮丧、会焦躁、会困顿、会迷失……

还好,心有所迷,绘画也好,音乐也罢,成不了大师做不得职业都无妨,只要我们平凡的生命感知到它们的美;我们孤独的灵魂因它们丰沛又满足,我们就还拥有着幸福的能力!并且深知,在沧海桑田生命变迁后,在岁月长河里熠熠闪烁的艺术之光,永不泯灭。

好家风最珍贵

新年同学相聚,丽的儿子坐在席间,英武、挺拔、大方,神情间一派坚毅笃定。几年前还是懵懂少年的他已经是一名大二军校生。

众人艳羡,而我惊诧着一个少年成长之快。同龄少年即便进入大学,眉宇行为间还有着甩不脱的稚气和家中独子宠溺过的痕迹,而丽的儿子,肩上已经有了担当。"少年强则中国强",当很多孩子还沉迷在游戏里无法自拔时,我在丽的儿子身上看到成长的力量,看到了磅礴喷涌的希望。

我曾问过他怎么会报考军校,他成绩优异,家中经济条件优渥,一般像他这样的孩子都会选择出国留学,选择相对轻松舒服的学习环境。大家都知道军校生训练艰苦,制约条件多,自由度小,而且远去他乡,一年只有过年几天假期才能回家。他说,这是他从小的梦想,好男儿志在报国,他愿意用他学有所长为国奉献。这时候,我看到他的父亲在一旁投来赞许的目光，恍然醒悟。这是一颗种子，一颗家庭教育培养的优良种子，这是好家风的传承，他的父亲曾经也是一名光荣的海军。

丽的公公、老公包括她自己的父亲曾经都是一名军人，他们家可以称得上是典型的军人世家。他们家有着浓烈的爱国情怀和军人情节，丽的儿子在这样的家庭氛围中成长，从小感受着熏陶着，被一种精神引导着，树立了正确的价值观。他不迷恋游戏，不贪图享受，不懒惰逃避。在当今越来越浮躁功利的社会里一直坚定着自己的梦想，用自己的努力一步步实现完善着自己的梦想，成长为父母眼中和这个社会应当有的好少年的模样。

当我们许多人还在纠结着怎样教育孩子这个超级难题时，丽的儿子让我看到了最有效的教育模式。最好的教育来自于最美好的家庭最良善的家风。从小给孩子树立正确的价值观，言传身教让孩子耳濡目染，在他们纯洁的心灵里种下正直良善的种子，他们终会长成栋梁之材。

有些家庭一心想着给孩子好的物质条件，觉得金钱是给孩子最有力的保障。他们忙着挣钱，把教育寄托给学校，寄托给金钱，殊不知，在潜移默化中他们的孩子有了金钱至上的观念，渐渐变得自私狭隘，变得胸无抱负，甚至成了一个寄生虫。

民国时期有位张老爷生意做得很大，积累了数千万财产，却积而不用。他死后，他的子孙继承了他几千万的财产，没过几年就全部败光了。这位张老爷只想到给子孙创造财富，积累财富，无形间传输给后代唯利是图的观念，又培养了子孙不劳而获的思想，忽略了好的家教，殊不知，财富并不能保障家族的兴旺。

袁世凯在世的时候一心想着称帝，不肯把财产拿出来赈济灾民，他死后,子孙们瓜分了他的家产。结果,拿了那么多钱的子女们,大部分过得无比堕落和凄惨。四儿子袁克端疯了,二儿子袁克文拿到钱后很快败光了家产,部分姨太太、女儿们拿到家产后都抽鸦片上了瘾。

袁世凯家族可谓是名门望族,袁家在咸丰年间一共出了六位一品大员,三位二品,一位四品,三位七品。而到了袁世凯这一代,因为他的贪婪自私,狂妄狭隘,好的家风再无继承,袁氏家族就此没落。

一提到《曾国藩家书》,相信很多人都知道,是曾国藩教育他们家族子女的精髓。他一生的成就和心得都浓缩到这本书里面,也是很多教育专家、教授争相研究的对象。

曾国藩为人正直清廉,即便他权势倾天也不肯为子孙谋一点儿私利。当时他创立了两淮盐票,在那个年代,每张盐票都非常宝贵,每张票价被炒卖到两万两银子,每年的利息就有三四千两,家里只要有一张盐票的就可以称为富翁了。

可曾国藩却下了死命令,曾氏一家人都不准领取盐票,即便在他死后很多年,曾家也没有领过一张盐票。

很多人想不通,以曾国藩的权力,让自己家人领一两百张盐票是很容易的事,而且还是照章领票,并不违法。可曾国藩却秉承着自己善良美好正直清廉的家风,严格约束家人不贪图富贵不觊觎外财,恪守职责,胸有抱负,为国为民,自立自强。曾国藩死的时候,极其清廉,除了老家的祖屋外,没有在省城建造一间房子,只有少量的银子,并没有给子女留下什么财产。而后来的曾国藩家族却是中国近两百年以来最成功的家族,没有其一。

曾国藩家族八代中,没有一个败家子,三代以后,依然人才辈出。

  所以，好的家风好的家族精神对子女的影响和传递，会让人有一种使命感和信仰感，会引领着他们成为正直优秀的人。父母成为孩子的骄傲，家族教养成就孩子的未来，这是教育最大的成功。

  好家风好传承，是家庭教育最肥沃的土壤，它培育真善美，培养好人才，教会不谙世事的孩子们怎样做好人做对事。一如丽的儿子，还有许多我看到的好少年，他们温润如玉，他们积极阳光，他们身上凝聚着一个家庭善美家风的熠熠光彩！他们被善美家风滋养成长，长成希望，长成栋梁！就像一条奔流不息的长河，生命之泉，绵绵无绝。

别有风光在眼前

离开南通的时候在手机上看到消息，江苏教育局公告：今年高考江苏拟减招 3.8 万人。轩然大波，目光里的滔天巨浪，不啻一场海啸。

想到中国教育，高考历来都是万人争过独木桥，而江苏高考这座独木桥又尤为狭窄、艰难。而如今，有限的独木桥又被抽离许多，江苏学子不由得慨叹命运多舛，十字路口的选择已迫在眉睫，何去何从，答案不显。

强掩心绪在车上假寐，回味起这两天的南通行，有幸作为江苏作家团一员跟随作家团走进南通职业大学校园。仿佛是命运有呼应，让我这样一位高中学子的母亲亲历大学校园，深度接触，细致了解。俗话说，站在森林外边，就不能完全了解森林。对于职业大学我概念模糊，潜意识里也有着几分轻视吧。总觉得它与一般大学是有区别的，就像孩子们读普高还是选择带有职业二字的高中，高低优劣仿佛一目了然。

人总免不了会犯一些自以为是的错误，当我迈步进南通职业大学这座繁茂丰饶的森林后，我很快为自己的肤浅而感到羞惭，并深深被这座学校的魅力和内涵吸引折服。

宽敞广袤的校园仿佛是一座博物馆，又像是一个竞技场，而九大院系就像是金庸笔下的江湖，各自为派，百家争鸣，却又归于一统。车尔尼雪夫斯基说，要把学生造就成什么人，自己就应当是什么人。一路陪同我们参观、座谈、观摩的校长睿智、豁达、实干，又有着年轻人般的朝气和敏捷新锐的思维，他统率下的这所"江湖"有着学院派的严谨，又有超越严肃学院派的自由开放。

行走校园，迎面而来的是一张张招展的笑脸，那些青春的脸庞上目光清亮、自信满满，与我平时见惯的疲倦、晦暗、眉头紧锁的少年面容天壤之别。心情不由得明媚起来。在学生作品观摩会上我们的作家们个个童心大发，品尝学生们调制的美味咖啡，从未喝过的鸡尾酒也大胆尝一尝，举杯欢饮笑声绕梁。几款机器人真是可爱极了，从学生手中抢过遥控器操作一番，再拍个小视频上传朋友圈。拍了又拍，怎么也拍不够。扎染的花布、个性的雕塑、宜家的设计、临空翱翔的无人机……

满目绚丽的才华，锦瑟年华里极致绽放！谁说这不是一场隆重的江湖盛事，顶级的华山论剑呢！

而坐在我对面的那群少年，与作家们面对面交流的他们沉稳自信大方笃定。校园创业"点击咖啡"的总经理仿佛有着与我儿子相似的眉眼，他侃侃介绍他的"企业"。股份制公司，80名学生员工皆有参与，每天有三名值班经理，员工和经理们是竞争上岗，优胜劣汰。而经营的创意也是层出不穷，生机勃发，一如他自信灿烂的笑容。还有学校志愿者部门的部长，对南通职业大学这个大家庭里的弱势学生的帮扶救助，乃至与被助学生的感恩回馈，不由得让作家们眼底湿润。再至离开校园行至与南通职业大学有合作的企业，职大的学生在各个岗位上大显身手，各放异彩。他们都是许多企业争抢的人才，南通职业大学赋予他们的不只是纸上谈兵，更多的是与专业相结合的动手能力。这便优于许多大学生，走出校门后与社会的磨合期较长，有个断层需要耗费更多的时间和精力去修筑。而南通职业大学着眼社会，在学习之时就做好与社会的有效衔接，获得青睐也是必然的了。

彩纸礼炮声中，有南通职业大学校友捐赠本校建筑工程院筹建的鲁班铜像揭幕了，江苏省作协副主席汪政挥毫写下"大国工匠"，力透纸背，精神自喻。

而我再将思绪牵回到江苏减招、孩子高考这个烦恼问题里，心头的一片阴霾也仿佛随着鲁班铜像的那块大红绸布被徐徐揭开。不由得庆幸此番行走，心头重石卸下，放眼窗外，初夏时节满目葱茏，另辟蹊径，人生何处不逢桃花源。

第四章　给你一本好书

　　少年意气，诗和远方，无价情义，率真生活，不只是你这个年龄着迷的事情，也是人在中年的我梦想的去处。愿有好书，伴你左右，予你快乐，育你心灵。

给你一本好书

当我们不再用语言交流的时候，又或者说不能用语言好好交流的时候，我会在你的枕边放上一本书。

大致男孩成长的过程都是这样，从一个可爱萌趣的小男孩长成一个叛逆冷漠的少年，最先感受到的总是身边最亲近的人。开始的时候与你慢慢疏离，嫌弃与你说话，不耐烦的表情挂在脸上，再后来会冲你嘶吼，面对你的表情里多了乖张和戾气，让你不敢靠近、让你欲言又止、让你百般纠结。

我便开始有意无意地在你的床头扔上一本书。起先是一本《读者》，也不说让你读，只是让它安静地摊在你的枕头旁。在一个个灯光温暖的夜晚，你的目光瞥到它，这时候睡眠还没有叩上你的眼皮，所有的电子产品都不在你的手边，你百无聊赖地捡起它，随手翻阅。于是，那些文字带着它们的魔力，一个个一段段跳跃着在你心头温柔降落，带着明理的温度、带着解惑的清洌。你混浊的目光重聚清澈，你僵冷的面容渐渐柔软，你再面对我的时候不是水火不容，竟然能语态平和应答着一个母亲的"唠叨"。

而你成长的力量太急太猛，青春旺盛的荷尔蒙把你拽入一片迷蒙混沌，你的胸腔里仿佛有火焰在汹涌燃烧。这火不但炙烤着你，谁靠近你，都会被这火灼伤到。而你却不自知，还在为这把火添薪加柴。

我能做的就是在你的枕边不间断更换书籍。不挑艰难晦涩的文字，只挑简洁明了的。即便是一本鸡汤，一个过来人的感悟文字，只要你去读，一两章，三四段，一字一药，积蓄多了，药效自见。

在两天里读完了《偷影子的人》，你如是对我说。那段时间里你很乖很安静。不与我争吵，不冲我瞪眼，话语依然不多，却在该说话的时候好好说话，我让你帮我做的家务你都去做。你甚至不再迷恋游戏，那个假期，你读完《追风筝的人》《摆渡人》《肖申克的救赎》《边城》，自己买了本《纳兰词》，还读了些什么我也不清楚了。

当散发油墨馨香的书籍逼退冰冷的电子产品时我内心是狂喜的。你读书时安静专注的样子又帅又迷人，我想象着你简单空旷的头脑将被睿智的思想充满时我简直就是骄傲，我幻想的翅膀凌空而起，就好像你已经成熟又成才。

而事实上当我发现你在书房偷拿了大冰的书带去学校时，我的心里又充满了担心。他的书很好，只是你现在最好不要去读。你一定会抗议，如果我在你这个年龄我也会抗议。

少年意气，诗和远方，无价情义，率真生活，不只是你这个年龄着迷的事情，也是人在中年的我梦想的去处。所以又不得不说到梦想与现实，一个无聊无趣有点儿世俗的话题，却是生活里最务实

多年以后,不管生活的奔波里有多艰辛多挣扎,你的血液和骨骼里都会有一种支撑,这份支撑来自你钟爱的文字。

用的话题。你在读高中，中国的教育制度举世闻名，只为了不久后的那天你要勇闯那根独木桥。

　　你不要愤慨，更不要抱怨，你也不能逃避。那么，这时候你最好不要分心，不要在课堂上去向往诗和远方，不能在做题时想着一把吉他浪迹天涯。你要知道，这些率真的活法必须要有足够的支撑和底气。而这些支撑和底气都来自你的生存能力，来自一份充实的物质背景。也就是说绝大多数精神爱好都得有一份好的物质基础，这也是作为一个男人的责任和担当。当然，你也可以什么都不管，但我想说，你美好浪漫的思想支撑不了诗和远方。用不了多久，你的潇洒不羁就会变成落魄狼藉，诗和远方沦为鞋底跋涉的一团烂泥。你会知道，生活的风雨它不只是给艺术家们诗词歌赋，它更多的是用来鞭打我们的生活。

　　如果你想看大冰，想看张嘉佳，那么我还是希望你再多些经典阅读。内心多些笃定，能分辨梦想和现实的差距，心中有自己的标杆。到那时候，你不只可以读他们，你也可以成为他们，甚至更好。

　　我本来的意思只是想说在你成长的道路上给你一本好书，在你忤逆迷茫的青春里给你坚强的文字力量。我絮叨了这么多，其实，最终，我希望你能给自己一本好书，你发现它，喜爱它，你把它拿来与我分享，探讨书里面的是非深浅人生得失。然后，这是第一本，往下会有第二本、第三本……

　　你现在偶有空闲会读《亲爱的安德烈》，在你繁忙的高中课程外，每天睡前，翻阅一两章。很好，我并没有觉得这会影响你的睡眠时间，相反，我觉得这一小片刻的阅读会让你放松，把你一天的紧张情绪从题海中解脱出来。然后，你能有个香甜的睡眠。

　　明年的你就将跨入大学，从此长大成人，从此海阔天高。我希望你也能给我写信，就如《亲爱的安德烈》那样，不是微信，是真正书信的形式。告诉我外面的世界，告诉我你独立的生活，告诉我你欢欣又困扰的思绪，也告诉我你最近读了什么书。

谁在与文字亲近

晚饭后,习惯下楼溜达活动消食。在小区对面的文化公园外围走了两圈后,忽然感觉无趣,就踅回热闹的公园里面。暮色里的公园喧哗到近似沸腾,光广场舞就摆了好几处阵势。通俗嘈杂的音乐里,放眼望去半空中都是齐刷刷的手脚森林,虽说阵容不甚齐整美观,但那份激情热烈颇为吸引人的目光。公园为了吸引人气,湖畔的空地上摆开了好些儿童游乐设施,旋转木马啦、猪八戒抬轿啦、攀岩射击,叫得上名叫不上名的设施旁人满为患。

我左顾右盼像一个看西洋镜的好奇孩子那样从人流里过,耳膜里鼎沸的人声充斥着嘈杂的音乐,人自然而然也被带动起莫名的兴奋和躁动。她忽然出现在我四处张望的眼帘中,公园长长的原木天桥一端,彩色流星般交错流泻的灯光里,她在绚烂背景里支起一个小小摊位。一张小小的木头桌子,一盏素白莹亮的白炽小台灯,她

第四章　给你一本好书

埋首在那片小小的光圈里，目光温柔降落在一本摊开的书页上。

世界突然安静下来，包括我的心。我放慢了脚步，放轻自己的呼吸，从她面前缓缓地过。小小桌面上整齐排列着四五个手机外壳，素洁美丽的图案，像极灯光下主人柔顺甜美的眉眼。没有任何多余的东西，不见平时常见的类似于"贴膜""时尚手机套"的鲜明广告。我走过时，在她摊位前略略停留，她不受干扰，并没有抬头，没有绽开模式化的礼貌笑容向我招揽生意。她就那样安静地坐在那，坐在她的生意后，一张矮矮的小凳子上。洁白光圈笼罩下，她的脸上没有生活的困窘和焦虑，她瘦弱纤薄的身体安静地端坐在一个童话里。她一手托着腮，一手轻捻着书页，有晚风轻轻吹拂她的发、她的眼、她的人、她的心沉浸在文字的汪洋里。而那本书，正无限优美舒适地袒露着自己美好的身姿，在一束光和一汪清澈目光的聚焦下，我看见它洁白身体上挨挨挤挤整齐排列着的黑色铅字。油墨的清香幽然飞扬，飘入我的鼻息，我还看见，女孩唇角轻衔的一朵笑，让人心醉。

并未驻足，不敢惊扰这份恬静和专注。浮世喧嚣隐去，我的感动忽然排山倒海。

曾几何时，我再不敢这样坦然亲近文字。如她这般在文字的世界里泰然自若，不去顾及他人的目光，亦不受浮世喧哗纷扰，只安静地沉浸在自己钟情的世界里。

又从何时起？喜爱文学再不是一件值得骄傲的事。人们关心和推崇的东西太多，金钱、地位、人脉关系，林林总总，独有文学被众人的目光挤到了犄角旮旯。文学有什么？文学仿佛只有清贫，还有孤独！文学多不好玩，带不来财富，带不来地位，带不来别人艳羡的目光，也带不来这个社会上举足轻重的功名利禄。于是，便有人用不屑的目光冷眼看你，看你不附和，看你不跟从、不谄媚，忽然就扬声说，哟，文学女青年嘛！听着像是玩笑的口气里满溢着不屑和轻慢。突然就窘到了极致，在一圈围拢过来的目光里，人，矮了下去。

于是，就藏匿着自己喜爱文字的心情。于是，尽可能地随着大流，让自己不要沦落为众人眼中的"另类"。我原来一直是个俗人，我怕身边一些所谓朋友的调侃，怕她们揶揄的嗓音：大作家，最近写什么了？拿了多少稿费啊？这时候，我不知道我为什么会难堪羞愧。我不知道我怎么就有了见不得人的感觉，无言以对，瞬间羞红了脸。于是，把阅读和写作都藏起在我的私密时间里，我躲躲闪闪，钟爱的文字突然在我这里弯曲了脊梁。

我怎么就把这份纯洁的喜爱和我优秀的才能变成了羞耻？我怎么就不能像那束光影里的身影那样，在全世界的喧嚣里坦然阅读？我不知道她是谁，我也不清楚这个在亲近文字的女孩是不是也写作？并不像我一样躲躲闪闪，而是有些张扬地绘制自己的锦绣文章，把文学女青年的标志骄傲地贴在她流光溢彩的笑容里。

回家的路上我不曾回首，我知道与文字相处的世界不是张望更不是围观。只是，她安静阅读的身影深深烙刻在我心上。洁白的光圈，勇敢坦然的专注目光，纸质素洁的书页流淌脉脉墨香——

我更清楚，多年以后，不管她在生活的奔波里有多艰辛多挣扎，她的血液和骨骼里都会有一种支撑，这种支撑来自她钟爱的文字。

时光里的阅读

人都以为喜欢写些小文字的女人一定是极爱阅读，业余时间多半是交给了各类书籍。读得多了，自然受到了熏染，心上深深浅浅落下了文字的影子，美丽的、婉约的、忧伤的，温柔地靠近着心灵，亲近着心情。笔下也自然沾染了各类书籍里一些文字的灵性，就这样自然而然成了可以写字的那个人。

一日一位好友在线上问我："写这么多的文字，你一定是很喜欢看书吧？"忽然一愣，犹豫半刻，原先应该是很肯定的回答却有了踌躇。是或不是？聊天时一路畅谈的心情恍然走了神，对面好友等待良久，疑惑间打过来一个"？"。

第一次我把一个"？"郑重其事地摆上了心头，这份答卷我有必要认真答题。应该答"是"吧？年少时候因着物质的匮乏，除了课本以外，能接触到的课外读物是少之又少。那时候是挖空心思去找课外读物的，同学之间流行和传阅的是些言情小说和武侠小说。琼瑶、亦舒、三毛、金庸、梁羽生、古龙，这些书籍离文学很远，却离少女的梦很近。也有读到过一些泰戈尔和尼采，还读过一本《飘》的上部，《巴黎圣母院》印象中仿佛也有读过，其余的就好像真的没有了。

可是，也就在那时候，少女的心上就种下了文字的影子，有一份梦想在阅读的时候悄然酝酿滋长。那是个执着到单纯的年代，那一首首稚嫩的诗，一段又一段自认为很美的散文，我用一种忧伤的文字书写着青春的迷惘和憧憬，记录着一段生命的成长。一本一本，文字在自我的世界里集腋成裘，青春已然有了绚丽的厚度。

是什么时候开始中断的？这份阅读和这一份书写。也许生活中生存的首要条件便是物质的拥有，而精神永远被排挤在物质背后。在一段艰苦的岁月里精神被无奈地放逐天涯，那颗在文字天空里高傲翱翔的心灵颓然落地。青春的梦想惨痛夭折，曾经闪着光发着亮照耀着自己青春岁月的文字零落漂流，在忙碌生活的奔波间，遗落沧海无迹可寻。

不是没有心痛，而是生活打磨出了你麻木的冷静。近二十多年的时光里，我是多么希望遭遇青春里曾经的只言片语！那稚嫩的文字、那粗浅的文体，那旧时光里发黄发脆的回忆。如果遇上，生命对于我将是怎样的一种恩宠，而我又该是怎样的欣喜若狂！

二十多年的时光里我没有遇上，二十多年的时光里我离开了阅读也离开了文字。而二十多年以后的生命里我也知道，那些失去的再不会重返，那曾经的山和水不会再有相逢。

重拾文字是因为有了电脑，有了一个可以营造和宣泄的自我空间，我开始零零碎碎敲打下自己的心情，这个时候我才知道，书写

第四章 给你一本好书

原是我生命的本能。可是阅读呢？却仿佛真的没有了。是生活中经年的挣扎浮躁了心情，是岁月流逝间耐性的悄然衰退，还是这世界可以娱乐的项目太多？安静捧读的时光恍若成了种浪费，浪费了这花花世界里笙箫歌舞寻欢作乐的大好时光？

我不知！我只知道我很倦怠，是逃离，是躲避，还是懒于思想已然成了习惯？我不再单纯地痴迷在文字的世界里，记忆里，除了青春岁月里清晰捧读过的书籍，我再也想不起有其他完整的阅读。

你看，我原是这么肤浅，却偏又钟情于书写的世界。

可是，我却还是有着阅读的，或许那称不上是真正的阅读。骨子里总还是那样喜欢文字，若遇上，街头霓虹之下煽情的广告语，在某处排队等待时手边的一张小报，一本时尚杂志里宛如优美散文般带着小资情调的娓娓诉说，一本女性期刊里活色生香的信马由缰，又或在洗手间时手头一本散文或某一本小说的随性翻阅。唉！仔细想想，真正最长的阅读时间也就是在洗手间里了，不知道我这种行为算不算是暴殄天物？如此知性优雅的行为我却偏要在这等污浊之地进行，现在这样想来，实在是连自己也有点儿说不过去。

前两日，连日阴雨了半月的天空终于放了晴。在电脑旁待着有些疲倦，小小书房又没有阳光的照射，便起身去寻觅阳光的亲昵，顺手拿起了案头张爱玲的《倾城之恋》。

就着温和的阳光舒适蜷在一把椅子里开始了慵懒的阅读。对于这个传奇女子的文字我总觉得有着一种读不透的隔阂，初遇时在心上落下了印，浅浅翻阅后意象里总是踌躇着怕去深读。而今天，却忽然一路畅通毫无障碍地读了下去，一刻间思想上竟然有了那般和洽的融入。很自然的，就着阳光和书香，我在她书中的文字里沉淀、安静，感动、悠然。

忽然重新爱上，宛如年少时痴迷的心境。岁月浮华间心灵片刻的迷失此刻重现清明，这阳光下一个个跳跃着的文字在一份悠然阅读的心境里浮想联翩。感觉累了，我就在这书香里微眯着眼，在窗外大片洒入的阳光里晒一晒自己潮湿而又柔软的心事。明亮梦境里，心间忽然温暖拱动，心上一片冰冻的土壤慵懒松动，一朵洁白的花朵破土绽放。

此时晴天，手间有书，我亦安好。

想象无极限

当飞机轰鸣着冲向蓝天时，我感觉我的肋下张开了一双灵巧的翅膀。我像一只小小鸟一般扑入了天空的怀抱，蓝天、白云，还有自由翱翔的我。

这是我多少年里的梦想？小的时候，我常常托腮凝望着浩渺的天空发呆。望着空中大朵大朵飘浮的白云，想象着那一朵云端之上可有一位美丽的仙女，又或有许多的神仙在嬉戏游耍。于是，在肆意铺展的想象中，我开始羡慕翱翔天空的鸟儿，如果我有了一双翅膀，我是不是就可以去那片神秘的天空探秘？去看一看"神仙的世界"，去摸一摸白云的衣服，又或在繁星璀璨的天空悠闲踱步、轻歌曼舞。

这是我不着边际的痴心妄念，天空、地面、小小的我。孩童时的梦想是如此天马行空般的自由，却不曾想过有一日会梦想成真。

这一天，我在一架铁鸟硕大的肚子里，心情有些激动，情绪不免兴奋，这是一场向往已久的天空之旅。我，将与我相思已久的美丽天空零距离亲密接触。

　　小时候，穷极所有的想象也未曾想到，会有这样一种机器可以载着我飞上蓝天，圆我幼稚又无比荒谬的美梦。眼前这架庞大的铁家伙，有着比雄鹰还要健硕的一双翅膀，有着敏捷的线条流畅的身躯，骄傲如一只飞鹰，只在一声响亮的轰鸣声中昂首冲刺，载着它胸腹间众多小小鸟的梦想，飞向那一片广袤无际的蓝。

　　按捺住激动的心情，目光触及的舷窗外漫空洁白的云彩在悠然起舞。在我目光一寸之处萦萦绕绕，曼妙身姿，婀娜情态，缥缈间似有仙子惊鸿一瞥地舞过，醉了我的眼，也醉了我的心。

　　这时候，我就是一只快乐的小小鸟，悠哉畅游在一片云的怀抱。六千米的高空，速度与美景的共拥，拨开一片云，地面忽而隐约显露清浅轮廓。我知道，这不是我的梦，我的梦已经开始了真实的飞翔，在我童年仰望的高度里畅游一片梦想的天空。

　　忽而陶醉，思绪一刻迷茫。打开回忆之门，想起那个物资匮乏的年代，放眼都是朴素的灰。灰的世界，灰的生活，灰色的我们，还有灰色的梦想。人们依赖于纯手工的生活，生产劳动，丰衣足食。不敢有梦，唯一可以共同拥有的梦想是来自村头广播里的热情宣言：楼上楼下，电灯电话，这是我们不久后的现代化生活。

　　而小小的我，最富足的拥有却是心中漫无边际色彩斑斓的想象。当然，我也向往楼上楼下、电灯电话的生活，但是我更向往一片蓝天的翱翔。那里有我心中缤纷绚丽的色彩，蓝蓝的天幕，洁白的云朵，还有黑丝绒的夜幕上宝石一样璀璨的星斗。不是灰，不是单一朴素的色调而是万紫千红的绮丽梦幻，它更接近我关于以后美好生活的想象。

　　这一种漫无边际的想象充实着我，也滋养着我，我的梦开了花，而现在它又结了果。我眼前拥有的这个果，我想最初始创造它的人，也一定有着如我这般漫无边际的旖旎想象。

　　想象一片蓝天的翱翔，想象一双飞鸟自由的翅膀，当这一份想象酝酿到了极致，就创造出一种奇迹。让这个世界上有着共同梦想的我们见证了这一份奇迹，我们就真的像一只小鸟一样有了蓝天的飞翔。

　　想象无极限，我能想象到的是这一片蓝天里的飞翔，我未曾想象得到的还有我指尖这样伶俐地蹁跹。我在天空之上书写着一份心情，跟远在地面的朋友诉说衷肠，我甚至还在电脑屏幕上方看到了亲人欢愉的笑颜。距离恍若消弭不见，只因手边有了这薄薄的一本，它不是一本书，却胜似书籍的浩瀚广袤，只在键盘的敲击之下，无限大的世界便展现眼前。

　　而我，也可以在这里，无限制地安放挥舞我想象的翅膀，舞动起文字的霓裳，将千面的想象归纳成生活最真实的面容。落在尘埃之上，它们便都成了最丰盈的现实生活。

　　冥想，在几千米的高空继续放纵我们想象的翅膀。我的想象、你的想象、我们的想象，就这样，这些天马行空的想象集结着创造出一个又一个的奇迹，创造出我们眼前所拥有的生活。

　　美好的、现代的、快乐的，更是幸福的生活。

遇见书咖

我是在一个阳光美好的初秋午后兜兜转转寻觅而至，它就在我家小区对面的公园里，向阳的南方。

朋友说，这么好的地方，离你家这么近你都没来过，这是不是咫尺天涯的感觉？

她两眼眯眯冲我促狭地笑。我知道她的言外之意，用热恋的心情去热爱自己喜欢的事物，是文艺女骨子里褪不去的浪漫小情绪。

午后的公园幽静，空气里满溢着甜蜜的桂花清香。秋阳温煦，秋风温柔，跟在朋友身后去探寻那个地方，怀揣的心情如约会般美好又神秘。

公园主体的二楼东侧，它在转角处安静伫立。初见，目光里聚焦起一张欧洲文艺小镇的图片。褐红与浅灰小方砖相间的墙体，拱形的格子落地窗门，浅黑铁艺和原木镶嵌玻璃之间，将明晃晃张扬着的锋芒低调收敛。门柱镶一块暗红色铜牌，形体秀雅风骨飘逸的书咖 logo。风来，香醇咖啡焦香丝丝袅袅飘溢，如一条无形的丝缎，羁住行色匆匆的脚步，忽然就有了温柔停歇的心情。

书咖并不是常见的小情小调小清新的风格，铁艺和原木勾勒出简洁大方的沙发、木桌和空中楼阁，倚墙而立的整排书柜散发浓浓的文化气息，有序归纳的书籍仿若一个小型图书馆。现代文学、古典文学、外国文学，小说、诗歌、散文，还有时尚、科幻、少儿类。不由慨叹主人贴心，竟将细节文化体现得如此全面细致。

这时，点上一杯现磨的咖啡，也可以是花茶或水果甜茶，再配上一块新鲜的手工蛋糕。将身子软软地放松在宽大木椅的靠垫上，世事纷扰便在宁静的阅读和一杯咖啡的遐想里放逐。法国歌手深邃忧伤的嗓音自在抒情，光阴荏苒的故事里缠绵着一个流浪远方的梦想。

其实，一直有着这样一个理想，要拥有这样的一家书咖。它是优雅的，些许孤独和忧伤的，更是幸福和美好的。它的每一处装修和装帧经典亦别致，它是岁月喧嚣的驿站和渡口。让一种爱坚守在这里，对一朵花笑，对一页书痴，对一曲歌忧，对着一杯咖啡深深呼吸。像个率真的孩子一样歌咏人生美好，并决意要过简单快乐的生活，守俗世最后的清欢……

我总喜欢来这里，在阳光美好的午后，在月朗风熏的清夜。也曾邂逅书咖的女主人，清丽淡雅的女子，在一页书的世界里安详低眉波澜不惊。我隔着清冷光阴凝望这一份精致优雅的笃定和从容，现世安好的快乐如斯简单澄净。浅浅微笑不自觉间从心头溢出，烘暖了秋深如许。

自觉的约束

从学校出来后有那么十几年是书荒年，不是说这个世界上缺少了书，也不是说我厌恶了书，那十几年里确切说是我抛弃了书，又或者是无奈被动地遗忘和疏远了它。

一出校门，生活和理想就那样赤裸裸地对立了。我是一个卑弱的俗人，理想在现实温饱问题面前不堪一击，好像并没有挣扎的选择，生活那台忙碌奔波的机器就将我席卷而去了。那时候，精神甚至来不及泛起一点儿悲伤的浪花，也许，内心还是有一些失落和悲伤的吧。可是，现实那双粗粝又强硬的魔掌不动声色间抚平所有精神痕迹。

千篇一律讨生活的模样里，没有谁可以特立独行地凌驾于人间烟火气之上。

再阅读是日子终于有了空闲。孩子上学了，早出晚归，我开了

第四章　给你一本好书

一间服装店，生意清淡的时候总是坐在店堂里发呆，而发呆的时间里压抑许久的内心开始蠢蠢欲动。我重拾少女时代的闲情逸致，在QQ空间敲打下风花雪月和人间琐碎。

被禁锢的精神忽然苏醒，文字和阅读挤入烦琐生活，很清新，很愉悦。当物质生活压力渐趋稀薄时，精神这味可有可无的调料便霸道地注入我的日常，美味异常。失而复得太珍贵，一旦着迷，再不肯放手。

可还是会懈怠轻慢。你看，社会发展到今天，电子产品开始疯狂占领你的时间和空间。网络里太多美妙事物，让你眼花缭乱应接不暇，就连偶尔的孤独和寂寞也变得奢侈起来。

没时间啊，玩游戏、看电影、刷朋友圈……刺激的、新鲜的、有趣的；读书，好像多少有点儿单调无趣了。意志不坚定再加上懒癌入骨，说是要好好阅读好好写作，结果，美好理想还是流于了励志口号。

加入一个书友会，是一群爱好读书的"孩子们"找到了同类的家园，没有门槛，轻松聊读。在这个物质社会里，能把自己的精神爱好坦然摊放在桌面，这份可贵是我们的人间小欢喜。

可还是会有人缺席。忙碌依然是常规理由，或者是有所轻慢，觉得不是很重要。又或者终无约束，自由也是懈怠的好理由。于是有书友提出我们需要一种仪式感，来约束和庄严我们书聚的目的，坚持和长远才是理想永远饱满的风帆！

醍醐灌顶，人类这个自由到了极致的动物，从来都是需要一些规章和约束来帮助成长的。想一想自己这一生立下过多少宏愿？又喊过多少口号？最后都成了羞赧的回忆、流水的空落。

而但凡是自觉的事皆是因为喜爱和向往，是自己笃定的美好事物。所以这样的约束便是锦上添花，不晦涩、不别扭，也不暴力。

　　自觉的约束，想一想都是个美好的词语。

　　那么不妨把这个美好的词语刻写下来，从今后，自觉约束：每天规定看书的时间，每周必须完成的阅读，每月一定要完成的写作。

　　就从现在开始，打理和经营起心中的喜爱和追求，把梦想也自觉地约束起来。

　　时光消瘦，而生活就这样一日日丰美圆满起来。

阳光美好的冬日下午

这几天连日大好的阳光,即使多么阴郁的心情也被这份充足饱满的阳光感染到。突然有了出去走走的心情。

虽然,外面的风挟裹着冬的寒气,但是你知道,阳光一定会把你的心晒得暖烘烘的。那么,被这个冬天连累至萧瑟的心情也一定会好起来的。

于是,你便出了门,像一只冬眠的动物忽然被一道浓烈的阳光唤醒,心里滋生出几分热情的味道。

你走出巢穴的心情透出无比轻盈的欢喜,恍然觉得季节换了频道,温暖清新的春这就到了。

走出家门,你发现风吹在身上丝丝透骨的凉。可是,你却还是感觉欢喜,因为你感觉到阳光真的把你的心晒得暖了起来。暖得像一片羽毛一样,连带你的脚步也变得轻松。

不凝滞、不沉重、不畏缩，像是踩着一朵云朵快乐的音符，那是阳光散发出来的分子，换过了你周身沉郁的细胞。

你穿着厚厚的冬衣，呼吸的时候有浅浅的薄雾在空气里散发而去。你的手拢在棉服的口袋里，那里面也被阳光晒得暖暖的。

你的身边不时有汽车飞驰而过。你知道那里面没有冷风的吹袭，那里有着充足的暖气让它的世界温暖如春。可是，行走的你却感觉很快乐，你用目光在阳光明亮的世界里巡视，你看到了许多美丽的风景。

你脚下的路落英缤纷，黄色如蝶的银杏叶和丹红如火的枫叶编织了一匹锦缎铺展在你面前。你感觉到惊艳，继而惶恐，不敢用脚去试探这条华美的路。

你愣愣站了好一会儿，忽然想是不是可以赤足走上去，用芭蕾的脚尖优美舞过？

可是你却不会跳舞，也做不来别人眼中的另类。你只赶在一个路人足迹即将大步迈上时赶紧用手机记录，定格这一刻光阴里的美丽。

你还是走了上去，轻轻地把脚步安放在这如花的锦缎之上。

你仰望头顶，树儿稀疏的枝丫在阳光里优雅沉默着，不再华盖如荫。你想，它们定是知道，这个季节里你太需要阳光的拥抱，所以它们才卸了叶子的衣裳，成全了你的欢喜。

走到一个茶餐厅，下午茶的时光，你走得有些累了，便在临窗的位置坐了下来。要了一份暖心暖胃的甜品，在阳光敞开的怀抱里，放任起思想自由的寂寞。

阳光里，你变成一株安静温情的植物。

手机提示音响，友说，亲爱的，我到了。

你的目光隔着玻璃张望过去,在明亮的阳光里,她青春明媚地大步走过来。

她脚下的鞋子一定装上了弹簧,因为你看到了她的快乐在跳动,阳光明亮的光斑也在她的发上和她圆润的面容上跳跃着。

你不知道她那里有没有风,你只想,若有那寒风,也被这如花的笑颜给吹化了吧。

这是一个冬日阳光美好的下午。

想一杯咖啡

我想念一杯咖啡。先是淡淡的一种情绪，两三天后，再至一星期，心底的想念突然浓烈起来。牵肠挂肚的，魂牵梦萦的，坐立不安的。家里有速溶咖啡，味偏甜，据说有众多不好的因素，想着要戒了它。夏天了，糖分太多的东西，对身材也是大忌。

喝过很多家的咖啡，小城这几年的发展突飞猛进，仿佛一夜之间大大小小的咖啡店就百花齐放开来，让人一时眼花缭乱。一家一家地品，说不上好与不好，没有让人特别依恋的感觉，心底有一丝小小的遗憾。亲戚也开了一家小咖啡店，年轻人的模式，现磨咖啡品过几次，平常的样子，没有带给我挑剔的味蕾特别的欢喜。倒是他家的松饼，做出了不一样的味道，有了越俎代庖的嫌疑。

那一天，朋友想念起他家的松饼，约了过去，几个女人坐了下来，点的是香草拿铁和芝士松饼。这是我第一次点香草拿铁，平时一般都是原味和榛果，也尝过卡布奇诺，心情不好的时候要过黑咖啡。香草拿铁是第一次，是顺应了朋友，带着一种尝新的欢喜，还有点儿小任性的放肆心情。因为私下里总觉得香草该是冰激凌的味道，用在咖啡上有些混搭的胡闹了。

而许多时候，好的遇见恰恰就在不经意间，没有刻意，不曾带着美好期许的心情，惊喜却不期而至。

这一杯香草拿铁竟是我一直向往却从不曾遇见的味道，当我的唇舌触碰它的时候，只一瞬间，它便成全了我对咖啡所有热忱的追逐和执着的热爱。它是那么好，轻抿一口，舌尖上的欢喜电流一般蔓延全身。我听得到花开的声音，从我终日抑郁紧张的肌肤上绽放，一口轻灵的呼吸透过重霾的空气跃入天空之上，那么好、恰恰好，仿佛遇见梦中的你……

开始有些魂牵梦萦，离别后，唇舌间无限寂寞起来，回味了几日，思念越发浓烈。终于按捺不住，电话女友，去那间叫作"迷塔"的小咖啡店赴一杯香草拿铁之约，她却无暇，忙碌的时间挤不出一杯闲情逸致。而我心中被撩拨起的思念却再也无法安顿，终于动了家里那罐速溶，迫不及待地冲泡，鼻息间深嗅一缕咖啡焦香，聊慰了相思之意。

而念想着的那杯"迷塔"的香草拿铁，在记忆的距离间，氤氲着香气，遥遥相望，竟有了爱情的味道。

是的，就像爱情、就像初见、就像永恒，就是思念……

在下午三点

喜欢扬州,并不是因为那句"烟花三月下扬州",这几年扬州去得随性,去得任性,大抵是因为一个人爱上一座城,而那个人偏偏又会冲天底下最好喝的咖啡,会做人间最美味的提拉米苏。

下午三点到的扬州,车停在停车场,她来迎我们,白色衣袂被微风掠起,在青砖长巷里一朵闲云般悠然。巷道幽静,三三两两走过的人慵懒闲散,这处叫作"仁和里"的地方弥散出一种漫不经心的味道,是和东关街截然不同的生活气息。一面嘈杂热腾的生活,一面悠闲散漫的日子。她的新店就在长巷里,我们到了,一抬头看见门楣旁一块小小的木刻招牌"在下午三点"。咦,刚刚好,这么巧,来前并不知道她新店的名字,却循了这个时间而来。在时间无涯的荒野里,没有早一步,亦未晚一步。

一家小小的咖啡馆,明朗清雅素洁,处处都是她精致的小心思。

第四章　给你一本好书

　　我喜欢入门廊间那个圆形的玻璃天窗，明朗的穹顶，抬眼望得见的天空白云。别人家老屋半截沧桑的屋脊，有几绺微微颤动的茅草矗立在半空，像一簇腾空的青翠，理想在茫然中执着张望。或许，在天气好的时候还可以望得见星光，在某一个夜晚，和许多个夜晚……

　　没有拥挤规律的桌椅，没有一丝商业的痕迹，这里更像你的私密时光。慵懒地找一个角落，和闺蜜叙述一点儿心事，又或者，慢慢品一杯咖啡，静静读一本书。还可以看一场电影，在咖啡醉人的焦香里，在仁和里的下午三点，放松时光匆忙的脚步，赴一场精神之约，遇见好久不见的迷人的自己。

　　是的，这世间喜欢一个人一件事需要太多的理由，可又如此毫无理由。最简单的喜欢就是，我想念了，我就去扬州仁和里的"在下午三点"喝一杯咖啡，见一位老友，叙三五句闲话。

　　哪怕，是两座城的距离，不用早早约定，只要心有热爱。

夏日午后

我想书写这一段文字的时候，实在是有一些慵懒过于剩余，更是有一种明亮的安谧让我沉寂得有些羞赧。

我其实是喜欢这样的时光的。炎夏、酷热，而我在清凉的房间里，隔开一层透亮的玻璃，将目光慵懒地投向窗外无比明亮无比热烈的世界。天地间大片肆意繁茂的绿，掺杂着鸣蝉不成规则又无比和谐的草根乐曲。

静谧、安宁、温暖，却又拥抱着一份独有的清凉，让我无法不喜欢，让我无法不热爱。

时间仿佛慢下脚步，流年里焦急慌乱的心情也进入了浅梦。

我在一瓣书香里品了一杯佳茗，任思绪一刻漫游。倦倦的，有一些睡意浮上了我的眼，合上如羽睫帘，我畅游在一个梦。明亮的夏色盈盈的梦，让我在梦里盛放开一朵花。碧波荡漾里亭亭一枝莲，

第四章 给你一本好书

清雅姿容是我爱煞的容颜，香远益清，漫出梦外，轻巧巧就美丽了这一季的夏。

有女子娉婷从路上走过，洁白的衣裙素花的阳伞。金色阳光透过花伞，过滤掉暴戾的温度将光线氤氲到温柔的晕黄，轻敷上女子白皙的肌肤。夏风吹过，白裙飘飘，在我观望的眼眸里画上了一幅唯美的工笔。

好动的孩子总是酷爱夏天的来临，长长的假期让他们松解一身的束缚，电视、电脑不如去屋外的世界撒野狂欢。盛夏的午后，热烈阳光下追逐一个篮球的身影，汗水挥洒里天宇下爽朗的笑声清澈透亮。而后，携一身酣畅淋漓的汗一跃而入碧澄清凉的水世界，自在畅游，快乐就是如此的简单又纯粹。

这样的夏日午后，我总觉得世界就是永恒的光明和安谧。烦恼很浅，忧伤很淡，有一些梦想开始闪动着光亮，希望就如这个世界里热烈的阳，怡人的绿。那样自然地逼到你的眼前，涌入你的心里，让你心上的欢喜不自觉地繁衍、茂盛，让你即使是在一个慵懒的梦里也会笑意盈盈。让你感觉安好，心生惬意。

这样的夏日午后，你即使一个人也不会觉得孤独。你可以发呆，可以想念，但却不会寂寞。你还可以读书，慵懒浅睡，但你思想澄净、思维敏捷。这时候的你可以是一枝莲。或者你就是，婉约、安静、纯洁、美丽。

这样的夏日午后，是生命的路过还是一场又一场美丽的邂逅？轮回和重复总在年年相似的时光里将你守候，这是"暂去还来此，幽期不负言"？还是生命里已然的习惯？

我只知道，我爱生命中这一段又一段，就像一份美好永恒的爱情。它明亮执着，它重诺情深，它从不辜负，缓缓行走在你的生命。

即使不能日日厮守，即使没有朝夕相对，也是心中最安定的一份欢喜和约定。

这一个夏日午后，我掬了一捧夏色和着温柔心情浅斟低吟。留下这一行、两行、三行，或许散乱、或许无章，但懂我的你定有灵犀。

浅笑靓兮，浅梦美兮，枕着蝉语，不妨再慵懒梦上一会儿。汝若欢喜，亦复如斯。

我

  我总以为时光可以削弱一些记忆,而事实上,我选择逃避的时候它们依然清晰地存在,久远的、最近的,它们次序鲜明沉默排列着,像一部默片一样在心海间循环放映着。

  岁月荏苒,时光憔悴,只有它们永葆青春。

  我仿佛有着一种强迫的忧虑症状,记不得生命中那些开心的欢颜,只记得蹙眉的忧容。更仿佛有着精神上的一种洁癖,在尘世越久,越发觉得无所适从,恍恍惚惚的感觉,让我感觉很难受。

  心里常常住着一个小女孩,顽皮的、天真的、善良的,却又很怕黑的小女孩。那是一段记忆留下的痕迹,因为时光不肯削弱一份童年的记忆,她便顽固地在我心底住了下来。不肯长大,常常忧患,却又天真。就这样拒绝着成长,左右了我的成熟。

  因为经历,留下记忆。我的忧伤积蓄得太满,在心里晃晃悠悠,偶一懈怠，便溢了出来，淹没了我华丽的武装。让我无措慌乱，让我狼狈不堪。

　　有时候假装仰望天空阻止了一滴泪的滑落；有时候急速地转身，背对着阳光的方向；而有时候我没入一片水面，为我充盈的泪水找寻到母亲的怀抱。

　　我也热爱，记得有过满腔热情，面对着这世界的花花草草、男男女女我绽放花朵般的笑颜，热烈地捧出自己沸腾着的心脏，想交换过同等的真诚。我更憧憬过爱情，"愿得一人心，白首不相离"。我虔诚祈求生命中只此一份爱与被爱，相知相惜，童话般的圆满。

　　这是我小女孩般天真无邪的梦想，它们积蓄着力量奋力起飞的时候，我不知道它们何时又是缘何折翼。很颓废、很破败、很不堪、很忧伤地落在了时光的荒漠里，丢失了所有飞翔的力量。

　　现在，我只留下了挥舞文字的本领。我笔触的肌理光影勾勒出一种风范。那宽广丰饶，那细腻精巧，那花样年华的往事风潮，那记忆繁华的绮丽包裹。时光喧嚣，记忆安静，所有极端的又或淡漠的都有文字来安排。

　　生命仿若填空，我执笔书写，虽不能每题都尽心用意，但也好在未留白卷。即使是忧伤的手法，也给了生命里那些纷扰时光最懂得的安抚，又或一种纪念。

第五章　逝水流年

当我发现脑海里漫出越来越多的回忆时,我知道流年如水,在无声的流淌里带走了我的往事。带走了那些葱茏和忧伤,带走了梦想的翅膀,带走了那么多的人间好故事。

那时年少

又是一个人静处的时间,秋日的午后,美好的阳光,安静的空间,流淌的音乐,歌者娓娓的倾诉,孤独变得如此微不足道,世界美丽而安谧。有些遥远近似遗忘的碧绿青葱的梦从安睡的往事中慵懒苏醒,一点儿一点儿展开青春娇媚的身姿,繁花似锦!

那时候是诗意善感的少女,最喜欢学校两旁夹道的梧桐树,校舍是青砖黛瓦的平房,规律地排列在道路的两旁,廊檐深深,在梧桐树的遮掩下影影绰绰幽远深长,平添了一份独特的韵味和回想。每日从那夹道的梧桐树下来回地过,内心总有一种小小的雀跃和欢喜。枝叶繁茂的季节,漫步走在梧桐树枝蔓繁叶攀搭的桥荫下,阳光透过叶缝碎金般洒落,整个人乃至眼前的路变得温暖而明亮,折射出一种奇异的美丽和魅惑。眼前一片金光闪烁,如在浩渺星空,心便飘飘忽忽思绪飞扬起来,不知岁月!若在树叶凋零的季节,秋风乍起,漫天金黄的蝴蝶在你身边旋转飞舞,飘飘悠悠从你摊开的手掌间、你的肩头、你飞扬的发间、你痴迷的眼神间诗意地落下,铺成一条美丽的金毯,托住你小心翼翼行走此间的脚步,轻吟低唱、美到哀绝……

怀诗的少女总在某个无聊的课时忽然走神,托腮凝望窗外,手中执书页间那枚梧桐叶签,轻轻转动遐想联翩。窗外天空如黛,透过青瓦屋檐观云起云落,偶尔有飞鸟低鸣而过,在停滞的眼瞳间轻轻烙上飞翔过的影迹,伴着蓝天白云,镌刻永恒。

阳光美好的午后,总会带上心爱的小说,一个人或携同窗挚友来到校园南边的小河边,在那芳草萋萋的小山坡上抱膝坐下,阅读、谈心。更多的时候是无语发呆,或在那青草地上卧下,阳光下微眯了双眼,鼻息间是青草的芬芳,耳边有飞虫粉蝶细微振翅的弦乐,和风习习,不知不觉间便入美梦,嘴角飞扬,酣梦如痴!

至暮色四合,夕阳如醉,一群少年欢声笑语行走在校园林荫道上,忽闻嘹亮男高音,循声望去,只见素日威严青年男教师在教室楼道间深情演绎,陶醉忘我,一返青涩煞是可爱。群中调皮男生以掌声口哨热烈回应,那位老师面对此景羞赧一笑,挥手致意面若红果。同学们善意哄笑,银铃般笑声绕梁不绝,弥漫整个校园,萦萦绕绕绵延至今,犹在脑海……

那时年少!

留住好回忆

去洗手间如厕，发现那一摞旧相册又在那了，它们随性地、懒散地、熟稔地挤在那。浴缸的白色瓷砖上忽然多了岁月斑斓的光影，它们都是故人，彼此暖心贴心欢心的旧相识。

这些是儿子从小到大的老照片，里面有他一点儿一点儿成长的好光阴，有我最温暖欢喜的回忆、不舍和依恋。

我们家有个坏习惯，起初应该只是我一个人的坏习惯。我总喜欢在如厕时翻阅一本书，也不知何时就影响到儿子，他偶尔翻书，他爱翻阅的是他自己，过去的自己，退后的自己，陈旧又无比新鲜的自己。本来那些相册是在他房间里的，后来，我发现它们一部分到了客厅的沙发上，还有一部分就到了那个不雅之处，并且长久地盘踞了下来。

就是每天随手地翻阅，沙发上和洗手间的那些相册还经常调换位置，来来往往，热闹非凡。我们爱把自己关在那个小空间里翻看相册，某些气味都是被忽略的。我们脸上浮着笑，眼神是温柔的，心里是浓得化不开的爱。有时候我们也会交流，跟来家的客人翻阅那些成长的时光，回忆、唏嘘、慨叹、开怀大笑。

偶尔我们母子会对话，我说："咦，这张你没穿衣服呢。"我坏坏地笑，他害羞了，嘴角抿着一丝笑，一轮廓的酷都瓦解了。他仿佛又退回到相册里，那个傻傻的可爱的有点儿腼腆的小男孩。我又问："这张是什么时候的？"他探过头来，跟我挨得那么近，照片上，他双手环着我的腰，咧着嘴，迎风欢笑着。我仿佛听到笑声从那薄薄的纸片里传出来，澄净的、恣意的、快乐无比的……

这些照片有十几本，它们属于曾经的胶片时代，戛然而止在智能手机统率这个世界时。有一段时间，它们开始被冷落，我也不再去冲印店，手机里的照片存了删，删了拍，有些保存到电脑里了，又忽然发现找不到了。却没有太在意，生活中忽略的东西多了起来，也模糊了上次跟儿子闲聊说笑的时间。日子满当当的喧嚣，日子又空落落的孤单。长大的男孩与我隔开了距离，我们不再亲密无间，我们甚至偶尔敌视、剑拔弩张。当那些旧相册又出现时，我的男孩从那个小空间走出来，他依然寡言，却在我跟他说话时态度温和、耐心应答。之后，我又发现了那些旧相册，沉静的、温情的它们。我在那个气味不佳的小小空间长久滞留，远去的时光扑面而来，我的眼睛热得发胀发疼。

突然发现好的回忆也需要刻意记录，需要一种仪式。那些温柔的时光，那时光里美好的我们，有时候记忆储存得太马虎，我们一路急走的时候遗漏太多。我们善忘，我们浮躁，我们又太喜新厌旧，所以我们特别健忘。忘记曾经的不离不弃，忘记许过的刻骨铭心，忘记休戚相关，忘记笑、忘记泪、忘记承诺、忘记风雨，也忘记阳光。那么，从今天起，不如回到胶片时代，不如好好写字好好记录，等我老了，老眼昏花，记忆昏沉，还有可以翻阅的记忆，提醒和点燃片刻的清明、明朗的快乐。

还有好回忆，时光不寂寞。

相 见 欢

　　说来惭愧，人到中年却没有看过一次灯会。灯会给我的影像都来自文字里的憧憬和电视上虚幻的观摩。年复一年，便积累下一个心愿，听得哪个城市举办灯会一颗心便蠢蠢欲动着，迫切想要跑去观赏游玩，却因种种因素终未成行，心头落下了淡淡的遗憾。

　　2016年新春，早就听说溧阳小城要举办新春灯会，这好像是家乡史无前例的一次，至少在我记忆里从未遭遇过。这无疑是个令人兴奋的好消息，我和我身边的朋友们，一个个心中怀揣着新鲜刺激又无比渴盼的欢喜，只等着新年快点到来，就可以一饱眼福。

　　2016年的新春特别给力，仿佛是为了配合这场灯会的首场秀，气温迅速回升，阳光温情得有些热烈，一如新年人们的心情，彼此呼应得无比完美。

　　于是，大年初一那天，小城市民几乎倾巢而出，燕山公园的灯

第五章　逝水流年

会照亮了小城半边天。人们向着那片五彩斑斓的光飞奔而去。我在朋友圈里看到了各款美丽的灯，又隐约看到了一个大大的挤字。有在现场工作的朋友开始在朋友圈一边实况播出一边呼吁：亲们，今天这边交通已瘫痪，人潮太拥挤，请分批分时来看灯吧！我分明在那行字迹里看到了朋友的着急与疲惫，她的脸上密布着几个大字"求求你们了"，于是，只能按捺下想要即刻出发的心情，这一等，就等到了大年初六。

年初六，定居无锡的同学和儿子回来，晚餐后，我当然要邀他们去观看家乡的灯会啰。这天阴雨，气温也降了许多，但对迫切想去观灯的我们却不无好处。这样的天气观灯的人肯定不多。果不其然，宽敞空旷的公园人迹稀少，进园后，我们几个人近乎是闲庭漫步。少了拥挤的人潮，虽说气氛略显冷清，却可以悠闲自得地观灯，倒也不亦乐乎。

一进园门，平时寂寞清冷的山道此刻流光溢彩，道路两侧的灯展都是各种卡通人物，几乎网罗了人们熟悉的每一部动画片。萌趣的动画人物一下萌化了我们的心，刹那间，我们仿佛坐着时光机回到了童年，开心得都快手舞足蹈了。再往里走，穿过一道"迎春门"到了公园中心的草坪地，我们从儿童世界一下回到了家乡的山水美景里。宽敞的场地上小城标志式的景点和文化都搬到了这里。梦幻山水天目湖、南山竹海老寿星、中华曙猿、平桥石坝以及巨龙一样蜿蜒的"天目湖号"动车，还有大文豪李白和杜甫也穿越而来，捻须擎酒酝酿着心头那一首华丽诗章。

我们都有些醉了，两个大男孩也一扫平时的耍酷，争相与家乡这些别致美丽的"风景"合影。冰冷的雨丝拂过脸颊，在五彩斑斓的灯光辉映里，我们的笑容像颗颗珍珠般晶亮发光。没有人说冷，每个人都热情高涨着继续往前走。迎夏门里小城历代的名人学士矗立两旁，他们的名字在我们脑海里浅白无印，于是，细细浏览、沉思、铭记，心头涌上强烈的自豪感。这时候，也真切感受到举办方的用心，寓教于乐，让大家大饱眼福之时又享受了文化大餐，而这份营养将会世代福泽代代相传，骄傲的他们是这座城市的根基，也是我们心中完美的底气！

过了迎秋门，两侧憨态可掬的国宝们又萌化了我们的心。翠竹、花朵，到处是招展的笑脸。远远看到"大圣归来"，便飞快迎过去。惟妙惟肖的美猴王脚踏祥云英武帅气，眉宇间又仿若有一抹隐约的孤独和忧伤。

心头雷鸣般响起一句台词："我的意中人是个盖世英雄，有一天他会踩着七彩祥云来娶我。"我花痴一样地醉了，赶紧拉着同学帮我跟我的盖世英雄合影。

而此刻，我最想要的是轮回的光阴里，紫霞仙子猜中了开始也猜中了结尾……

迎冬门在公园的河滩边，沿河蜿蜒的巨龙，大片"开放"的花朵，还有亭台边诗情画意的读书台，放眼望去皆是春色，哪有半点儿冬的萧瑟凄凉。

雨密了，我们只能恋恋不舍地往回走。五六千米的路程，同学蹬着她八厘米的高跟鞋走得有些吃力，我问她："累不？"她嗓门洪亮地回我："不累。"而我们几个，全身几乎都被濡湿了，每个人脸上却是笑意盈盈。看来快乐真是一剂神药，它可以驱赶寒冷和疲惫，还可以创造非凡的力量。

次日，同学带着她无尽的留恋和赞叹回去了，而她对家乡的依恋和想念却留了下来。她的儿子在这年的春天就要去澳洲求学，我相信他在异国他乡的日子里会想起母亲美丽的家乡，想起他的根，会心的笑容里内心安详亦温暖。

逝水流年

还未过正月十五,年就仿佛彻底过去了。该上班的都上了班,该上学的也都上了学,远方的亲戚走了,近处的朋友散了,生活从喧闹和拥挤中一下子抽离出来,安静到有些无所适从。

我爱在时光安静下来的时候咀嚼往事,从时光的脉络里寻找往事闪亮的光点。当岁月寡淡萧瑟下来的时候,我用这光照亮和温暖将行未行的日子,让一份温情成为生命永不衰落的快乐主题。

记忆遥远处的年,忽然蒸腾起浓浓的雾气,那雾气萦绕里,是灶台前和煤球炉上几个铁锅里沸腾的馨香热度,还是济济一堂阖家聚集的欢腾和喧闹。

记得小的时候,只遥遥听到年即将来临的消息,心中欢喜的小兔子便先闹腾起来。墙上的日历成了孩子们眼中最焦渴的守望,每一日只盼着天黑,一双双小手争先恐后地去撕那薄薄的一张,有时

第五章 逝水流年

候抢得急了，生生牵连了还未曾来临的明日，也被焦急的小手一并撕去。这时候，通常就有跑得慢的那个头上挨了大人的毛栗子，却也不觉得疼，只是傻呵呵地看着那一日日瘦下去的日历咻咻地笑。心想着，如果多挨几下毛栗子，日历就能瘦得快一些那该有多好啊！

　　离过年还有月余，村子里的壮小伙们就开始为春节的舞狮表演忙碌起来了。宽敞的晒场上搁着从各家扛来的四方桌子、长条木凳，再从高空里的电线上牵下雪亮雪亮的高功率白炽灯泡，把整个晒场照得白晃晃宛如白昼。村里的壮小伙们一个个龙腾虎跃施展着身手，神采奕奕的老人们在旁敲锣打鼓助威鼓劲。孩子们在下午最后的课时一个个走了神，只盼着西边的太阳快快落下。放学铃一响，一个个箭一样地飞奔回家，顾不上吃晚饭，先到锣鼓喧天的晒场上报个到，学舞狮的帅小伙们一样伸伸腿、弯弯腰，再翻个跟头，来个倒立。然后，被大人拽回急匆匆扒上几口米饭，又或者端着饭碗就来到了晒场上，嘴里塞满了饭，突然一声呐喊叫好，一嘴的米饭四处喷溅。到最后，一个个疯到舞狮队偃旗息鼓，才不情不愿地被大人提溜着回去睡觉，至于那只饭碗，早不知丢到哪里去了。

　　年前最忙的总是家里的女人们。先是准备着炒炒米做炒米糕，一般人家都是做白米的，家境好的就做上些芝麻和花生的，薄薄脆脆，又香又甜，极度诱惑着小馋猫们口中的馋涎突突地往外冒。可大人们把这些炒米糕藏在深深的坛子里，最底下的那层是芝麻和花生的，铺在上面的都是白米的。而那坛子口小肚子大，任你最贪嘴的孩子再细长的小手怎么努力也够不了多深，即使嘴里口水蜿蜒成河，也只能弄块白米的炒米糕解解馋。至于那些芝麻花生的，只等到年后慢慢吃到坛底的时候它们才现身出来，然后有大人们拿出来在"枯水月里"慰劳一下大家干瘪瘪苦兮兮的肚子。

近年前的几天,家家户户都忙碌着蒸馒头、蒸团子,这时候,年味已经四溢开来。平日里一入夜就漆黑安静的村子变得明亮喧闹起来。每一户灯火通明,一派热闹欢喜的景象,而冰冷的夜空也被袅袅缭绕的炊烟温暖着,露出慈祥温情的面容来。这时候村里的孩子们一个个放了假,组起了各种阵容在温情的夜色里打起"游击战"。战争间隙,有逃兵摸回家里,小黑爪子一把抓上热气腾腾的馒头和团子,在大人疼爱的笑骂声中,一边往嘴里塞着一边又野猫一样蹿出了门去。

再近年些,每一家的年货都置备齐全了。简陋的家里里外外上上下下给除了尘,墙上贴上了戏剧年画,忙忙碌碌嬉嬉闹闹间就到了除夕,门上也贴上红红的对联大大的福字。除夕夜每户每家老老少少团团圆圆地聚在一起,大人们喝酒闲聊,孩子们兜里揣着几颗小糖一把瓜子,在不大的房间里追追打打吵吵闹闹。这时候大人们是放任和纵容着他们的,通常只要你不把屋顶掀翻了是没有人来阻止你的胡闹和放纵的。等到子夜来临前夕,家中的男主人就会提上白石灰拿上炮仗去放炮封门。在门前用白石灰画上类似宝剑的符号,再放上炮仗,就把这一年的门给封上,把晦气和过去都挡在了门外。然后在家喝酒守岁,等天明时打开门放炮迎接新的一年的来临。

起初孩子们也吵吵闹闹着要守岁到天亮,可未到凌晨,一个个兴奋过度体力透支的小身板就歪歪斜斜地倒了下去,然后在甜美的梦里笑出声来。第二天,天一亮就都齐刷刷地醒过来,看着枕边的新衣服,摸摸枕头下的小红包,一个个像只猴一样蹿了起来。急急地喝了母亲递过来的元宝甜茶,在大人们的吉祥话里一个个蹿出门去,呼朋唤友三五成群嬉闹着走村东串村西,挨家挨户拜年去了。

第五章 逝水流年

　　那时候的村庄里是极其喜庆和热闹的，耳边此起彼伏的爆竹声，村中穿梭往来的舞狮队伴随着喜庆的锣鼓声，更是把节日的气氛推到了最高潮。村里人上午一家家串门拜年后，下午就都聚集在晒场上看舞狮队的表演，嗑着瓜子看着表演，精彩绝伦的表演时不时引来大家的高声叫好。更有外村的舞狮队、高跷队、马灯队赶来比武斗艺，把"年"掀上了更高更美的欢乐高潮。

　　大年初一后，便是来来往往的亲戚拜年了。正月里的每一天都洋溢在浓郁的欢喜和兴奋里，这种欢喜和兴奋就像每家每户灶间煤炉上二十四小时不停息蒸腾着的热气。那炉子上要不在炒着菜，要不就在炖着汤，又或蒸上了团子，直至深夜里，又烧上了开水，突突突突永不疲倦地喧嚣着一种温情，四溢着热情和欢喜。

　　等到了正月半，各村的花灯队又开始争奇斗艳比武炫技了。家家户户倾巢而出，灯光和欢笑声连绵一片。旷漠的世界里仿佛再找不到区域和地界之分。你眼里看到的就是大片大片闪亮的灯火，在萧瑟的残冬气流里，像是满空的繁星一下子覆盖下来，而那一颗颗星星后面还点缀着人们敞亮欢快的笑声，把一个年的收尾诠释演绎到极致的完美，并留下余韵袅绕，在人们心上久久驻留，挥散不去。

　　这是记忆久远中的年，而时光的长河里，"年"这个重要的节日被一次次的复制粘贴，相同的节日，却不知在何时丢失了曾经的心情。

　　我不知道是不是生活的富裕真的会冲淡人们心中的幸福感？我也不知道年龄的增长是不是麻木了心底那根敏感的快乐心弦？当听到年即将来临的消息时，我再没有了当初激动期盼的心情。我感觉到深深的惆怅，是因为自己长大了成熟了吗？可我观察身边的儿子，他淡淡然的样子，又何曾有我们当初迎接新年来临时的激动和兴奋？

"年"忽然间成了食之无味弃之可惜的鸡肋，随着年龄的增长，我甚至开始厌烦年的烦琐。走亲访友成了形式，家里宽敞整洁的灶台上一片冰凉，而每天穿梭饭店你来我往，吃得心里空荡荡的没有一点儿温度。我开始怀念儿时年里简陋的灶台间家人忙碌的身影；怀念那袅袅蒸腾的热气氤氲着温情脉脉；我更怀念村里的舞狮队，小伙伴们三五成群的嬉闹玩耍；怀念那年那月那份满足的幸福感；那些年前年里甚至年后都激动沸腾着的心情，流年逝水，一去不返。

年，依然是亲人团聚阖家欢乐的一个节日。这逝水流年里，大浪淘沙一般淘去了许多我们不想丢失的东西。只是，在一个节日离去的回眸里，我们的心灵要记得这个节日的灵魂。年，它的灵魂是一份亲情血脉的聚首，当生命之树刻上新痕时，请一定记得，有一种亲情叫长长久久，有一个节日见证生命也见证血脉温情。

冬天的叙述

我想,我实在是个怕冷的动物,一年四季,最不喜冬天。

其实,我也喜欢过冬天的雪,喜欢过冬天清洁的空气纯白的姿容,喜欢过在冰天雪地的季节里躲在红彤彤的灯火里隔窗观赏银装世界。那时候,心头油然而生出深厚浓郁的幸福感。全世界都在凛冽萧瑟中,独我在温暖安全的小小房间里,风雨冰霜挡在外面,隔开玻璃成我眼中静谧酣畅的美景。

从什么时候开始怕冷了?把自己掷进回忆里细细询查究竟。最遥远的记忆里还是个小小孩子,冬天来的时候,和一群孩子撒野在乡村的村头田尾。那时候的冬天应该比现在更像冬天,河里的冰有几寸厚,屋后的积雪覆盖小腿,檐下的冰凌粗大如战国时代愚笨的石剑。也有曼妙修长的冰凌像极了传说中侠士的龙泉宝剑,我们女孩子偏爱这样的武器,总爱折了它握在冰冷的小手里,幻想那一刻自己拥有了侠骨柔肠和盖世武功。

男孩子们把河里的冰砸下一大块。我们用麦秆草对着它哈气，一直呵一直呵，呵出一个小洞来，就用草绳子穿过去。然后找来一根木棍，两个人抬着，排排队游村走巷，声势浩大，故作喧哗。妇女和老人们在屋檐下晒着太阳（记忆中那时候的男人们不知干吗去了），织毛衣、纳鞋底，家长里短，看着孩子们嘻嘻哈哈走过，就会突然夸奖一句："哎哟，好大的冰哟。"小人们的头便昂得更高了，将军一样挺着胸脯，骄傲地列队走过。

下雪了，孩子们一个个嘴巴噘得高高的被家里的大人包裹成极地企鹅。那时候粗笨的棉衣棉裤把一个个灵巧敏捷的野孩子都绑成了憨憨的木头人，想说爱它们真的太难了。

"天太冷了，不许出去。"

家里有烧得很旺的煤炉，我们在上面烤着山芋，烤着黄豆蚕豆，还烤着冷冰冰的棉鞋。香气、臭气、暖气腾满小小的屋子，有种说不出的快乐荡漾在空气里。可这样的快乐总是不够酣畅淋漓，耳听得屋外风声鹤唳，还是趁着大人忙活或打盹儿的时候偷溜出去，和家里的小土狗一起撒欢到了雪地里。不一会儿，身上的"絮裤"就变成了"水裤"，可不知怎么就不觉得冷，每次被大人呵斥回家时都是一脸的不高兴，也从来没见谁动不动就伤风感冒。

再往下的少年时代，开始对寒冷有了最深刻的认识。离开了寄居的农村叔叔家，回到冷得像一块冰的家开始独自生活。每天放学踏着暮色回家，远远眺望不到家的灯光，推开门，扑面而来的凛冽一下子堵塞鼻息。没有蒸腾的热气，没有氤氲的饭菜浓香，没有一张亲人温暖疼惜的笑脸。

冬天来了，没有一件来自母亲手织的厚实毛衣，没有同龄人洋气保暖的滑雪衫……

单薄的衣衫裹着更单薄的身体,寒夜来临,和衣蒙头钻进冰冷的薄被,瑟瑟发抖间,第一次有了浓烈怕冷的情绪,对一个季节突然就有了抵触。

从那时候起,好像就开始惧怕冬天了。秋天一过,我便开始惶恐,在生命兜转的季节里有了异想天开,四季减一,人生也许就是永远的美好。

等人到中年,一身自我保护的铠甲在岁月沧桑里渐渐腐蚀,人便从内到外都软了下来。一到冬天就开始慌张起来,一床被子再加一床被子,磨毛的被单升级到法兰绒,电热毯加上热水袋的组合让人瞠目结舌。可是我不管,我只知道我怕冷。我在每一个出太阳的时候抱着我的被褥出去晒,同时也把自己晾晒在阳光里。

这个季节里,我所有的兴趣都转移到与寒冷对抗上。我每天深情凝望着我的床琢磨着还能为它做些什么,我想,也许我可以为它铺上十层云朵般柔软的棉被,我把自己栽进温软的云絮里,即使有人在我的被褥下撒满了豌豆,香睡的我也感觉不到……

旧欢如梦

　　记忆有很多扇门,在默然流逝的时光里轻轻掩着,门后的世界是曾经的光阴也是现在最珍贵的拥有。

　　先推开的这扇门上结了细细的蛛丝,推开时我嗅到了一阵飞扬的尘土,它们沉寂太久,我突然的到访让它们有了飞扬的快乐。掺杂在飞尘里还有往事淡淡的甜味,那是一张一张斑斓绚丽的糖果的衣裳,在旧时光里炫耀着缤纷的美丽,散发出隐约甜蜜的芬芳。

　　童年,清贫、素洁。那时候孩子们的玩具是用泥巴塑成的一把枪,又或是用竹篾攀成的一张弓。我是女孩子,自然不会喜欢这些,收集糖纸是我童年时候最大的爱好。可生活清贫,乡下孩子只有在过年时才能品尝到几颗糖果的香甜,平时糖果是稀罕得不得了的稀罕物,那一张张糖果的美丽衣裳也自然是难见的稀罕物了。

　　女孩子爱美,物资匮乏的年代,眼中能见到的耀眼鲜亮的美丽

第五章 逝水流年

也就是一些糖纸了。而收集的糖纸里只有极少是自己品味后留下的，更多的是处心积虑央了人讨的，又或是在路边捡的。路边常会有别人品尝后丢弃的糖纸，落在尘埃里，蓬头垢面，一副堕入风尘的样子。路过的女孩子赶紧跑了过去，宝贝一样地捡了回来，用清水细细洗了，在阳光下晾干。这时，守在旁边的女孩在阳光里嗅到一阵香甜的芬芳，隐约细密，丝丝绵绵的，让人无限陶醉。

一张张美丽的糖纸夹在一页页的书本里，轻轻打开时有种缤纷透亮的欢喜。不太记得这样爱它们爱了有多久，一年？两年？又或者更长的岁月。

第二扇门紧紧挨在第一扇门旁。那时候十三四岁的样子，突然很狂热地迷恋上一种贴纸。也许是那个时代新鲜的事物太少，所以迷恋一件事物的热情就会变得越发强烈。那些贴纸都是初次接触到的港台明星，她们像不同于平常四季的一阵别样新鲜美丽的风，迅速席卷了绝大多数的青年还有少年的我们。

我收藏最多的是"蓉儿"，喜欢她，将她贴在我的书页上、文具盒上、喜爱的小说上。迷恋、向往、羡慕，所有的零花钱都换作了一张又一张崭新的美丽贴纸，在梦中，也常常会旋转在贴纸的世界里。

还是不知道爱了有多久。是太容易喜新厌旧，还是少女时代太过懵懂？这时候窗外暮岚渐起，一阵清风吹过，望着空落的窗前，耳边忽然掠过一阵清脆的铃音，如梦似幻，牵引我走进了另一扇记忆的门后。

忽然望见了它的样子，悬在记忆空落的世界里，没有风的时候它是这样的忧伤。想起第一次拥有它的心情，是一种无法形容的欢喜和快乐。将它挂在窗前，爱恋地望着它，只等风过时听它清脆的吟唱……

它有着一个美丽的名字"风铃"。

不记得痴情的目光与它深情对视了多久,诗情画意的格调里它宛如少女时代的初恋。它的絮语和它的高歌都是我耳畔听不够的美妙仙乐,它随风翩然的身姿是我眼里看不够的美丽风景。

可是,依然忘了爱了它多久?也更不记得何时将它弃之不顾。

旧欢如梦。仿佛我已将它们永远抛弃。可是,我依然记得。它们就在我记忆的门后,颜容清晰,像初秋时分那一件手工的针织毛衣,绵软、松香,散发着一种熟悉而温暖的味道依偎进我的心里,就像生命中曾经逝去的那些爱情。

时光里的故乡

跟随作协采风团再回老家，我已经离开它二十几年了。不能说是少小离家老大回，这几年里每逢春节和清明我也会回去。春节驾着车匆匆忙忙去两户亲戚家拜个年，清明前几日去家族几座老坟前祭拜。来去匆匆，像个过客。几十年里，从没有像这一次，把脚步和目光悠闲从容地再次置放在这片土地上，也把飘浮在外的心灵温柔地栖息进故乡温润的怀抱里。

每个人眼中的家乡都是最美的，一草一木，一山一水，家乡风物家乡人情像一卷永不褪色的画卷，从重返家乡土地的脚步下缓缓舒展开来。

水母山在家乡的西南向，仿若小镇的一座巍峨山门，镇守保护着这方土地。数十年前的水母山还是家乡人民的衣食父母山。俗话说"靠山吃山靠水吃水"，水母山上尽是上好的石材，印象中，镇上和附近村子里的壮劳力都在山上开矿采石。每日清晨和傍晚采石的隆隆炮声；整日里长龙一样满载奔驰的拖拉机；还有河道里川流不息的运输船，喧闹繁荣。石子厂、石灰窑、水泥厂……因石而起的企业给家乡人民带来了富裕的生活。

　　那些年，水母山仿若一座开采不尽的宝藏，裸露在外的山体开采完了，人们便凿地而采。蜿蜒入地数百米，那真是一件让人惊愕又叹服的巨大工程啊！山体洞开，嶙峋怪石剑锋一般直指地心百米处。去过的人都在那一瞬间惊异地张大了嘴巴，那一刻是要把下巴也惊骇掉了的。

　　险峻幽昧的深洞，又或者那不叫深洞，那是被人们一刀一斧凿开的一个底下世界。用最原始的劳力和半文明的脑力，用朴实的勤奋和勇敢的智慧创作出的奇迹，一如数十年后科幻电影里的那个地下城。站在地面表层一只手按牢快要跳脱出来的心脏战战兢兢往下窥探，把目光尽量伸长，伸长到地下世界蚂蚁一般劳作的人们身上，伸长到嶙峋峭立的山壁上。山壁上有两条盘旋而上的羊肠小道，此刻，在人的肉眼所见里，那两条曲曲绕绕蜿蜒而上的道路是那样的狭窄那样的轻薄，就好像一条轻飘飘的白绸带随意落在了山壁上。而那两条白色绸带般逶迤而上的山道上，是一路轰隆碾轧而过的满载的拖拉机，一路奋勇向上，一路滑翔而下。

　　我在山口，看到捋着袖子年轻彪悍的司机，一双青筋毕露的大手像是焊在了拖拉机的扶手上，他们神奇地掌控着一辆辆满载超荷的机器，挣扎而出。我的一颗心提到了嗓子眼儿，我以为近似九十度攀缘而上的驾驶和那重荷的车厢每分每秒间都会把他们拽入深谷，而他们总能平安神奇地驶上地面，神色自如，宛如平民英雄。驶上地面，拖拉机湍急的气息平缓下来，一路欢腾着远去，不久，卸载的空车又回到洞口，一路轻快地栽往深谷。

这是我见过的最危险最匪夷所思的驾驶。后来，我去过险峻的天门山，我坐在去往山顶的中巴上，九曲十八弯的山道又急又险，车上同伴惊慌失色，而我见过从水母山底嘶吼而上的车队，一辆辆从地壳呼啸而出，眼中的天门山道，竟是平常了。

水母山真的是一座宝藏，石头采着采着，就从山底采到了真正的宝。中华曙猿化石，距今4500万年的高级灵长类动物化石，在某一天正常的采石工作中被发现。奇幻的山底世界揭开了另一层面纱。我记得那时候我正读初中，整个镇子都轰动了，所有的采石工作都被叫停，水母山被保护了起来。专家们来了一拨又一拨，而我印象最深的是刘晓庆来了水母山，可惜那一刻的我被圈在镇外的中学教室里，错过了人生第一次难得的追星活动。

现在，我脚下的水母山已经是中华曙猿地质公园了。曾经采石挖出的天坑里蓄满了碧幽幽的清水，宛如一潭天池，深及百米。池畔山石峭立，怪石嶙峋，蔚为壮观。建造在山脚的中华曙猿馆展厅里，展示着中华曙猿等大量哺乳类动物的化石。陆续被挖掘而出的63种古动物化石里，中华曙猿的发现意义可与北京人的发现媲美，老家便得了新的响亮的名号，被称为了"人类发祥地"。

水母山东侧矗立着一大一小的两座山，山名是字库没有的一个字，山字偏旁内一个"了"，读音为"ou"。大的那座山顶叫白云顶，是我们小学高年级春游必爬的山峰，一众大娃娃扛着红旗冲锋山顶，大有一种华山论剑的江湖气势。白云顶常年云雾缭绕，云雾里缠绕着优美的传说，在那个没有动画动漫的年代，白云顶承载了我所有天马行空的幻想。

山坡上种满了茶树，我们去的时候，正是太云白茶采摘季。茶树间采茶姑娘穿梭来往，指尖灵动翻卷，掐下最新嫩的茶树新芽，那便是全国闻名的太云白茶了。山脚下的村庄名叫"南山后"，是有名的长寿之村。村上老人皆长寿，百岁老人就有好几个。南山后村容整洁，环境优美，我们走在村庄里，仿若到了一处世外桃源。青瓦白墙，花树缭绕，鸟鸣狗吠，呼吸间洁净馨香的空气。真想择一小院住下，就在这祥云长驻的山脚下，种茶养鱼，读书栽花，一生怡然。

眺目镇北，是一望无际的湖泊，是家乡人民的母亲湖——浩渺无边的长荡湖。采石开矿叫停后，勤劳的家乡人民开始了万亩湖区水产养殖，养鱼养虾养螃蟹，一样是致富养家的好营生。而长荡湖滨的长荡湖国家湿地公园，是太湖流域一处生态环境优美、湿地景观独特的典型湖泊湿地公园。我们漫步在湿地公园的木栈长廊上，湖风轻柔，白鹭蹁跹，芦浦浮翠，二月兰开满湖畔，空气里温润绿植幽幽清香，呼吸吐纳间有一种洗濯过的空灵澄净，心头油然升起浓浓的幸福感。

镇上的街道有了新的街区。新街区在老街的东侧，有宽敞大气的街道，有英伦风情的小区，有整洁气派的门市。学校从镇外搬了过来，宽敞气派。挨着一座独特别致的小公园"曙园"，鲜花亭台木椅，平常公园景致外，园子里布满了嶙峋的山石。这些神态各异颜色独特的石头，起初我们以为是人为装饰的假山石，听了解说才知道，这些石头竟然是从地底下长出来的。大家惊讶，从来只听说土壤下面长出庄稼长出花草树木，却不知这片神奇的土地下面还能长出石头，实在奇妙。

兜兜转转间回到老街。老街，承载我童年记忆的那条老街，它静静地卧在岁月沧桑的怀抱里，古旧、安然、温柔。老街被一条河

第五章　逝水流年

道贯穿，河上那座石拱桥名叫"藕石桥"，始建于明洪武年初，距今已经640余载。老街以桥为分，桥北是以前的商业区，供销合作社、饭店、银行都在桥北，桥南、桥东、桥西就是各个大队和乡镇居民区了。父亲在桥北的供销社上班，我家住在桥南最南边的"宝塔头"。一座凹字形的两层水泥小楼，门前是一条小河流，并没有什么宝塔。我想以前一定是有宝塔的，它的故事湮灭在岁月洪流里，而我那时候还小，并不关心一个叫作"宝塔头"却并没有宝塔的地名故事。我关心的是老街上的各色小摊。早点摊上的"油老鼠"和"豆腐花"；桥头奶奶卖的五分钱一盏的炒螺蛳，五分钱一包的香瓜子；还是五分钱一根的赤豆棒冰，从一个木箱子里厚厚的棉被下面取出来，我的口水已经流下来了。

整个夏天藕石桥下漂满了大的小的光膀子的男孩们。他们水性好胆子大，有船过来一个个争先恐后挂到船沿上，船家拿出船桨赶，可两边挂着的小孩太多了，有调皮的两手一撑就上了船，在船家赶过来时嬉笑着一个猛子扎下水去……

还有从藕石桥上比赛着往下跳的，就跟后来电视里的跳水运动员一样比谁的水花小。那时候的男孩子顽劣得不行。那时候的女孩子也下河，几个人扶着一个板车轮胎在河边上漂着，不留神一个男孩从水底下冒出，一把拽着车轮胎往河中心去，水面上浮起一阵尖叫怒骂声。

等到夜晚，藕石桥上聚满了人。说古道今、家长里短、时政新闻都从这座桥上流出来。有人带了收音机到桥上，咿咿呀呀，唱的是锡剧《珍珠塔》，桥面上安静下来，桥墩上一个个摇着蒲扇跟着轻轻哼。夜深了一点儿，人群散了一些。父亲就在桥上拉起了二胡，我听不懂他拉的是啥，我已经趴在桥墩上睡着了。不知过了多久，我被父亲扛到了背上，迷迷糊糊间听着他的木屐声踢踏踢踏敲击在青石街道上，从明朝的藕石桥一路敲向现代失去了踪迹的"宝塔头"。头顶上的星空很亮，青石街道上泛着月白色的光，咿呀的二胡和悠长的木屐声回荡在空旷的老街上，袅袅绕绕，谱成了游子心头一首故乡的歌。

失爱的女生

　　有一个女孩我一直忘不掉，我认识她的时候我还是个少女，现在我人到中年，三十余年的时光不能说不漫长，可我从来没有忘记过她。

　　我原本想为她写一篇小说，写一写关于她的故事，她的青春，她的爱情，她的伤心……

　　这个念头缠绕在心里许多年，文档里也零零碎碎敲下了一些文字，就像断层的岁月搁在那，没有后续，却也泯灭不去痕迹。

　　还是忘不了她，所以一定要写下一段文字给她。给那个久远的小镇时光，给那个初雪的清晨，她向我绽放过世界上最纯净的笑容。我一度恍惚那一日见到的是一个美丽无瑕的精灵，可我认得她，从小镇藕石桥上第一次见到她我就记住了她。记住了她的美丽，记住了她的苍白，记住了她晶莹无辜的眼神。她微微低着头偷看我，我们的目光一碰撞，她就像受惊的小鹿一样躲开了，然后再转头看我一眼，就哧哧地笑了。多么纯净的眼神多么美丽的笑容啊，就像未染尘埃的婴孩。

我的小镇时光很孤单，我每天都提着两个竹壳的热水瓶从桥南到桥北的老虎灶上打热水。我经常会遇见她，我开始不知道她是谁，我们在藕石桥畔遇见，她怯怯地看我，冲我羞涩地微笑，然后雀跃着离开。她是个美丽的女孩，她像我看过的琼瑶书里的女孩。那时候我不知道她是个疯子，这么美好的疯子，和我概念里的疯子不大相同。后来我想，最初她只是想把自己和一个无情的世界隔绝开来，她退回自己纯洁的世界，可这个世界不肯回馈给她一丝善意。

她是桥北人家的女儿，美丽聪明好学，读高中时有了喜欢的男孩，同样的优秀，两人海誓山盟相约一起考大学，最后她落了榜，男孩说在大学里等她，备考的那年，她收到了男孩的绝交信。

三言两语可以讲完的故事，琼瑶剧里很普通的情节。她不再复习，不再苦读语数英，她坐在一堆书信里，一封一封地读，读字里行间的深情，读往日时光的温柔，越读她就越看不懂，越读她就越想不通，越读她就越恍惚……

我知道了她是个失爱的女生，我那时候还不懂什么是爱情，我现在也不大懂爱情。这个词语它有些鬼魅，诱惑着世人，迷惑着众生，也颠覆着人间。可我们依然热爱着它，每个人都渴望见识它的美好，只要它出现，没有人可以逃得过，也没有人愿意去逃开，人人甘愿中它的毒。

我知道镇上有很多人在笑话她，可她不知道。她的世界纯洁无瑕，她忘记了那个男孩，也忘记了所有，她只对这个世界绽放最善意最美好的笑容，一如她初来乍到，想要这个世界多多关照。

第五章 逝水流年

这个世界并不肯给她关照，我后来听到的事实让我不忍写出，我在内心抗拒了很多年，有时候我的潜意识让我选择性失忆，可这么多年了我还是忘不了她。

我最后一次见到她是在一个冬天的清晨。天还未亮，我打开门，看见大雪覆盖了世界，雪光照亮着整个天地。她蜷缩在我家对面房屋的墙根下，在白茫茫的雪地里，她就那样看着我，那双可以汪出月色和星光的眼睛啊，她的脸庞像雪色一样洁白纯净。她笑了，天真烂漫的笑容刹那间融化了我。忽然，她像一个受惊的精灵一样，从雪地里弹跳起来，她竟然赤着足，她衣裳单薄，可那一刻她是那样的轻盈快乐。她飞奔着离开，就像午夜十二点前穿着水晶鞋急急离开的公主，哦，她没有水晶鞋，她的水晶鞋早跑丢了。

她是一个坠入人间的天使。

那个大雪纷飞的清晨刻在了我脑海里，我再也没有见过她，她随着一场雪花离开，小镇上有她的故事在流传，我不愿意相信，虽然我知道那些都是真的。

她怀孕了，孩子不知道是谁的，人世间最污浊最残忍的恶意彻底包裹了她。

小镇上再没有她的身影也渐渐不再有她的故事，这个世界有时候太过包容太过宽恕，让人没有力气去对抗，也没有力气去逃离。不知道当年那个男孩还会不会记得她，他或许有一百种辜负的原因一千个转身的理由，她的刻骨铭心他的云淡风轻，终不过是寻常人间故事。

这世上有人演戏，有人看戏，有人入戏；有人忘记，有人记得，有人执着。而我，只记录了一个失爱的女生，再没有更多的言语。

云中谁寄锦书来

父亲给我带来两包东西，一包里有裁剪过的旧报纸包好的两卷分币，另一包里是一沓一沓的信件。这些旧物件，都是我少女时候的珍藏。

两卷分币彼时算是我的巨款。省吃俭用积攒下来，五分的两分的一分的，挨挨挤挤在一起，打开时很多钱币已经氧化。它们被我卷在时光的尘埃里，藏得太深，竟至遗忘。

很多信件，我把它们一封封铺展在阳光下的桌面上。泛黄的信封，我的名字被温柔地书写在上面，油墨有些清淡了，可依然能嗅到温暖的情愫。这里面是我人生的一个阶段，年轻的、纯真的、天真烂漫、热烈浪漫的少女时光。

很多信笺被叠成美好的形状，我打开后，竟然不能复原。年岁太久，我曾经一心一意对待过的事情，也被岁月冲洗得印象模糊了。

第五章　逝水流年

这些是我收到的信件，我又寄出去多少信件呢？挑选了美丽的信笺，一笔一画，一字一书，就像在时光里留下美丽的诗行，然后，叠成飞鸟的样子，叠成蝴蝶，叠成一切美好的模样，寄给我亲爱的朋友。

信里面有好久不见的思念，有少女懵懂的心事，有日常琐碎和无名烦恼，有理想的张望，和对友情虔诚的守望。那时候的时光悠长，一封信慢悠悠地去，一封信慢悠悠地来，期待的日子里饱满发光，心无旁骛，只盼着云中锦书，心间充盈着一种无言约定的欢喜。

我一封一封翻阅过往，一寸一寸光阴，一段一段往事。信笺已经发黄，发黄的信笺是被岁月淘洗后的温柔，青春里明亮忧伤的故事久别重逢，一字一句，一句一页，真挚动人。而写信的人，早已失散在时间的故事里，偶有联系的，也不再是当年的我们。

那一刻，有一种冲动，想要找到她们，找到他和她，给他们看当年的信件，不知是否也会湿润眼眶，是否还能紧紧拥抱？

一个年代有一个年代交友的方式，现在交友除去身边固定的圈子环境，还有更多便利快捷的方式。QQ、微信和许多社交APP。我们那时候也有一种交友方式，不知是谁创造，也不知道从哪里流传过来。现在想来，这应该叫作一封信的接龙游戏。那时候叫交笔友，我记得大概的游戏规则，一封信辗转在一个个校园里，信里面有十个通信地址，到你手里的时候，你可以跟第一个地址上的人通信，然后把自己的地址填上去成为信里面的第十个。就这样，一封信传啊传啊，就像漂流瓶一样，竟然也可以传得很远很远，竟然也结交到了远方的朋友。

我结交了一位连云港的笔友，通信有两三年，谈学习、谈理想、谈生活，谈到他要毕业了，他要走上社会了，他的踌躇，他的迷茫。他换了地址，我也离开了学校，便断了音信。

不知道后来的他怎样，也应该是中年人生了，不知道他还有没有收藏少年时代的信笺，素未谋面的少年情谊是否还有记忆？也许早已遗忘，人生路上太多过客，应该记住的，是一段纯真的光阴，一去不复还的少年情怀。

初中时，好朋友从小镇转学去常州上学，一周一信，人走茶不凉，情谊在纸上笔墨间更加温润深厚起来。后来她母亲对她学习管束太严，她怕冷落了我这个小镇姑娘，又让她同学跟我通信，给我找寻新的友谊暖我孤单时光。

我留在小镇读高中时两个最好的朋友先后去了别的好学校读书，她们比我走得远，一个去南京读了旅校，一个在县城读卫校。她们给我写信，信里是彼此生活的琐碎，还有姐妹间暖心的嘱咐关照，回家后第一时间找我叙话，一起疯一起闹。太多相处的光阴，留在走过的岁月里，留在发黄的信笺上。隔着几十年的时光，再次展开那一封封书信，最珍贵的情感镌在上面，这么有力相亲相爱过的凭证，不会消失在时光无涯里。

眼角温暖地湿润了，情义有信，无论世道如何颠簸艰难，最真挚的情感一直等候在原地。等候在你的生命里，等候在你的过去和你的未来里，即便偶尔失散，也一定会久别重逢。

再后来几乎没有写过信，儿子小的时候不能沟通的时候，也尝试过写信的方式，写了封信，寄到他学校。他一定很惊讶，也感觉稀奇，会在书信里母亲的文字间感动，继而乖巧了一些时候。后来他长大了，不屑我用写信这么老土的方式跟他沟通，我便再未手书过一封书信。

我们这一代还是手写书信的人，儿子这一代已经彻底告别了书信时代。儿子也写过信，读小学时，老师让他们给妈妈写一封信，

第五章　逝水流年

他用稚嫩的笔触写了书信给我。信上面歪歪扭扭表达着他有多么爱他的妈妈，他还在信笺下画了一个娃娃牵手着妈妈。他没有用邮递的方式，他从学校带回来直接送给我，眼睛晶晶亮，晒宝一样把他的信捧给我。我把信收在床头柜里，时常拿出来读读，读着读着就感觉长大后叛逆的他也没那么讨厌了，我又重新爱上了他。床头柜抽屉里还有他的胎发，他小时候留的小辫，和他写给妈妈的书信紧挨在一起。

木心说："从前的日色变得慢，车，马，邮件都慢，一生只够爱一个人……"好友小青说："当年她先生追求她时，用一手漂亮的小楷写信给她。"七年里，他们用手写的小楷书信鸿雁传书，一沓沓的情书堆积出浓烈醇厚的爱意，世间最美好的爱恋，都被一字一字虔诚录下。我想，那些信里面，一定也有一句"陌上花开，可缓缓归矣"。云中锦书来时，思念流淌了一地，时光温柔了一生。

而现在，再没有人去手写一封书信，在一盏温暖的灯光里，在清晨或黄昏，在阳光或月色下，摊开一页素净的信笺，一笔一画，一心一意写下：亲爱的某某，你好，好久不见……诉尽心情后又说，盼回信，祝你快乐，此致，敬礼。然后，小心折好，不忍弄皱一个纸角，装进信封，写地址，贴邮票，认真地投进街角的邮筒。

再然后，就在悠长的时光里慢悠悠等着，等一封慢悠悠的回信，等嘴角缓缓勾起一抹笑意。

第六章　悲伤的时光步履匆忙

记忆有很多扇门,在默然流逝的时光里轻轻掩着,门后的世界是曾经的光阴也是现在最珍贵的拥有。寂寂踱步自己心中浩瀚的孤独。最后的最后,沉默和安静是唯一可以表达的情绪。

孤单的时光

一天的瓢泼大雨,从窗前望去,雨气腾起的迷雾湿漉漉的,世间景致皆成了海市蜃楼。有种不真实的感觉,一个人孤零零站着,整个世界忽然只留下了你一个人。

泡了一杯咖啡,展开一页书,却读不进去。只捧着咖啡发呆,嗅它的香气,再轻呷一口,温暖熟悉的味道,心头的湿润便熨干了。可是,一整天的时间还是漫长,也不想睡觉,那就挑部电影来看吧。记得前些日子想着重温那年他的《霸王别姬》,那个叫作哥哥的男人,我一直不太懂他,我印象深刻的是《纵横四海》里他的不羁和潇洒。那时候还有周润发,还有红姑,一样的年华正好风华正茂。我还记得他的虞姬,模糊的影像,并不深刻。我那时候也年轻吧?不追星,有喜欢也是浅浅的。那时候我烦恼的东西很多很多,骨子里的文艺都被生活这块又硬又臭的石头死死压迫着,压迫得整个人也是阴郁和压抑的。那时候我以为自己活得很明白,却不知有许多明白必须要经过岁月的淬炼淘洗,年岁到了,自有清明不请而来。

真的不想来赘叙,作一篇影评,心里实在忐忑也畏怯。整个下午窝在沙发里,雨声不绝于耳,我几度哽咽,终究还是有了代入。从他的童年一路跟随,再到他的身段,他的眼神,他的疯魔。乱世啊!他们,还有走出青楼的那个性情女子,宿命而已!可是,又是谁创造这宿命一词?解不开的无奈何的悲剧,辛酸地打个马虎眼儿,都让宿命背了罪名。尘世间的看客和路人们也好嘘出一口气,勉强心安,集体欺了心。

再泡一杯咖啡,突然觉得嘴里心里皆是苦,翻出家里的甜食来,好像是解药,迫不及待地吞咽。就像影片里的小癞子,拼命吞咽完人世间最美味的几颗糖葫芦,只是,最后他瘦小的身影轻飘飘挂在了那根房梁上,而我,却救赎了自己,用俗世里最实在的欢愉,填补了心口的空缺。

同学从泰国带来的香料燃上一支。几把空白的宫扇说好画的仕女图也没画,家里瓶瓶罐罐里的叶啊花啊也要换了,再不行打扫卫生吧,放点儿音乐,出一把汗,累了洗个澡,便可以枕着雨声呼呼入睡了。却觉得还是想写一点儿什么,不知所谓的胡言乱语也可营造几分热闹。多好,被大雨浸泡一天的心情并没有变坏,想起新认识的朋友说我像个开心果,我笑得更大声了。谁说不是?开心多好,时逢盛世,世界和平,身体也康健,每天就该一团喜气地活着,何苦亏待自己,别扭心情!人生不易,你也不易啊!

雨好像停了,手边随手翻开的一页书上一个叫雪小禅的女子立在那笑吟吟地说:"这样的自劝自娱,才是小半生过来的人才有的心态。"

是的。我冲她微微笑着。

有一个花季叫青春

我们的心中，是不是也有一场值得祭奠的青春？喧嚣、热烈、忧伤、不朽！

我从影院里出来的时候，天空中正飘着雨，选择走路，在微雨中冷却我些微澎湃的心情。路畔，花儿开得正好，红色的月季，绯色的蔷薇，在雨水中低头的羞涩，湿漉漉的清芬从我的鼻息间飘过，世界仿若只剩下我一个人美丽而忧伤地行走。

再次路过我爱的那片雏菊盛放的园地，因花季近暮，那姹紫嫣红的缤纷已然有了些萎靡，在密集的细雨中，瘦弱的身躯有种支撑的勉强。可是，那些红的、紫的、白的、粉的、蓝色的花儿啊，依然纯净地美丽着，惊喜着我的眼睛，更有新的黄色的雏菊蓬勃盛开，像生命的接力，连绵地开放，不肯将这一场奢华的美丽轻易松开。

我又想起了影片中那些青春的花儿，那些纯真勇敢的花儿们，在青春的盛宴中走过，跌跌撞撞、哭着笑着、累累伤痕，最后若无其事地走出青春，留一抹笑和那滴泪在心底的最深处。

是谁说的，青春，注定就是一道明媚的伤痕。我早已告别了青春，也不曾在青春中留下刻骨的欢喜和隐痛，只是，在观看这一部关于青春的电影时，我心中的情绪又何止感慨和唏嘘。影片之所以能打动人、吸引人是因为它的人物和情节引起了观者的共鸣，让你笑让你哭，让你在一瞬间感觉时光倒流，记忆飘摇。那么，这一刻，我的时光也倒流了吗？

谁的心中没有一段青春的回忆？在最贴近心灵的地方，那一段最美好最柔软的时光，那放肆笑过和痛快哭过的岁月，那真心爱过的甜无悔付出的涩，在岁月洪流中冲刷而过。经年后，谁的笑容优雅着现世安稳？又是谁折了天使的翅膀，永远沉睡在了青春的河流？

那些青春幕景上年轻的身影啊，我想祈求命运给予你们多一些眷顾，如果可以，我只希望之后的回忆里只镌刻下你们青春的纯洁和美好，而有一些忧伤又或某一些伤害，就让它们的身影模糊一些再模糊一些吧。

只记得，那个叫作青春的花季里，这个世界上所有的花儿都开了。

你是不是疯子

我问朋友，明天我看三场电影你要不要陪我？她瞪着我，用牙齿狠狠咬出几个字扔给我："你有病啊？"

是的，你怎么知道我有病呢？我一直有病啊，只是，我一直伪装得很正常。

影院跟小区隔开一条马路，它注定要成为我的私家影院首要条件是路近，次要条件是票贱。只要不是周末节日，预售票便宜到白菜价，我只花了30元办了张会员卡，就可以纵横其间尽情捡漏了。

明天我要看三场电影是因为影院优惠活动都挤在这一天了，三部电影的评分都不错，况且喜剧居多。我迫切需要许多开心元素来填充自己在这个寒季里几近僵硬的胸腔、头脑，我也迫切需要活络一下我的脸部肌肉和神经。

需要一种笑，没心没肺的、放纵空旷的笑。

笑起来，许多挤塞在心口的芜杂颗粒就会抛物线一样扬起，化为灰，化作尘，洋洋洒洒而去，再不肯与我纠缠半分。

你是不是会说："真无聊，真有闲，可以在影院里死磕！"

是的，空气冰天雪地，孤独漫无边际。

胃疼了几天，吐得就像怀了二胎，还是大妈怀二胎那种吐。不比年轻那会儿能扛，镜子里看到自己的模样可想而知。不是单纯的吓人二字形容，是凄惶、是萧瑟、是苍凉，是比生病还难受的难受。

最近码的字是希腊的众神，那些有着冗长别扭名字的神，他们忙着淫乱，忙着争强好胜打来打去，他们没空庇佑我。

我是外籍，与主流社会格格不入，我厌烦他们，他们自然也在厌烦着我。

所以，我决定放开这一切给自己找点儿乐子。而我目前能给自己找的乐子就是一场一场的电影。

似是而非的欢喜忧伤，似实而虚的真情假意，一下一下戳中日益麻木和痴傻平庸。

三场电影的名字是《情圣》《那年夏天你去了哪里》，还有《你好，疯子》。

如果说爱情和青春只是一场久远的缅怀和旁观的追忆，你哭着笑着又傻乎乎待着的时候，忽然有人走过来对你说："嗨，你好，疯子。"

如此，时光莞尔，豁然和解。

那么，我是疯子吗？我想，那些年我是吧！而这些年，还是吧！

我是在疯人院藩篱外向内踮脚眺望的"正常人"，院内他们在暖融融的阳光里安详踱步，忽而望见我呆呆傻傻地张望，他们只轻轻抬了抬下巴，用鼻子哼出一个不屑的声音："嘿，这个疯子。"

南方雪

2018年的第一场雪来临时，我乘坐早晨7点多的动车去南京，动车延误十多分钟，又通知延迟十分钟，等到发车整整晚了半个小时。半个多小时的车程，驰行十分钟后看到车窗外素白的大地，咦，下雪了。雪花在窗外悠悠地舞，心里的欢喜慢慢胀满充盈，仿佛一场奇异的旅程，带着意外的惊喜和雀跃心情。南方的初雪，太珍贵。

到了南京，满目银装素裹的世界，好友米问问让我找一处温暖的地方等她来会合。她和我在电话里再三确认，我是个路盲的傻孩子，地铁坐反坐过兜兜转转半小时的车程我将时间扩大至三倍。她不放心我，我在她温暖的絮叨里踩着积雪过马路。行人车辆碾轧过的白雪已经化成污浊的冰水，一个宽阔的十字路口走过去雪地靴就湿了，脚底湿湿的冷，这时候觉得雪不再是那么可爱。

星巴克里的暖气把小小的空间烘烤得太过温暖，咖啡香气萦绕，拿下围巾解开羽绒服的扣子,心头一口凉气长舒出来瞬间消融在炽热的暖气里。临街的窗前坐下,恍若与窗外隔了两个世界,雪景又开始在温暖的目光里美丽起来。托腮呆呆望着洁白陌生的城市,肩头被人一把搂住,扭头,亲爱的女友一脸灿笑站在身后。好久不见,真想好好拥抱,却只是拉住手,呵呵傻笑着。

她陪我去办事,两个人又踩着污浊的雪水前行,我看见她的鞋头湿漉漉一片,她却在问我冷不冷。

事情很简单,更像个美丽的契约。因为喜欢,我加盟了张嘉佳的睡前酒吧合伙人,不知是几十分之一还是几百分之一,只是因为喜欢和信任,并不打听其他。

睡前酒吧接待的管家是两个年轻的女孩子,美丽悦目温柔闪耀,就像张嘉佳文章里美好的女子,让人无来由地感觉亲近和喜欢。

我喜欢一切美好的事物,时常拥有旁人眼里不切实际的浪漫情怀,有人喜欢我有人不屑,而我执着于自己内心的欢喜,就像不肯老去的青春理想,是温暖凉薄人间的前行力量。

酒吧出来后我们站在雪中拍照,南方罕见的雪景里潮湿和冰冷从来都挡不住心中雀跃的热情。身上点点斑白,灿烂的笑容在凉凉的脸颊上绽放,相见已是美好,在一场不期而遇的雪中相约更是浪漫到了极致。

两个人兜着满心的欢喜吃过饭又回到之前的星巴克,捧着两杯香醇的咖啡,在大雪纷飞的南京街头,一面宽大洁净的玻璃窗后轻轻叙谈。谈近况,问起未见面的朋友,再谈到孩子。朋友、孩子,在大雪纷飞的世界里,是多么温暖幸福的聊天话题,静谧的、轻柔的、温暖的,漫天纷飞着全世界的洁白与美好。

又因为孩子匆匆告别。问问三点多接她亲爱的小米同学,而我

第六章 悲伤的时光步履匆忙

想着早早到家去菜场给高三苦读的儿子准备夜宵食粮。分别，约好寒假再见。等寒假，可以在各科补习的间隙里挤出些时间，放松地、惬意地，见自己喜欢的人，聊心中烦恼以及开心的事。

回去的地铁上买高铁票，很奇怪不是周末未到放假几个班次的车票竟都售罄，买到四点半后的车票，等到车站，我还要等一个多小时。

南站熙攘拥挤的人群，嘈杂纷乱，竟是电视上常见的春运镜头。心中诧异，也并未多想，只以为是自己马虎，稀少出门，不知外面景象。等待，漫长。先是听到广播播放乘坐的班次延误四十分钟，心头有了些不安，想起清晨来时的延误，不久，又播报，班次延迟到七点半后。才恍然大悟，这熙攘的人群竟都是延误所致。夜色渐临，人群开始抱怨不安，有上午等待一天的，口中开始爆粗。这时候广播里陆续有列车停运的播报，心头的惶恐如同黑夜漫起，才知道，我眼中所见的美丽稀落的雪花在别处太过磅礴纷乱，生生切断了许多归家的步履。

七点多了，我的班次在电子屏上显示待定，又显示未定。问问电话过来，让我住下，不一会儿定下房间微信发来。而我尤不甘心，挤进被人群围堵的孤岛般的询问处，不知今日班次，不知明日后日班次，因为，暴雪还要延续两天，交通已近瘫痪。

如何是好？住下当然好，索性和朋友多聚两天，不用匆忙如斯。白天宾馆蜗居，逛一逛省城街道，晚上就和她们去张嘉佳的"睡前酒吧"，喝一点儿温暖的酒，听民谣声里一个动容的故事，回忆起往事，在微笑里重温和告别……再聊新起的文字，一点儿温暖的梦想。

可，这些年里我们都背负着一个母亲的身份，我现在唯一的重要的身份，让我无法滞留、不想也不敢滞留。检票口空落落的只有一个工作人员在，我冲过去，嗓音里有了疲倦和焦急的沙哑。我说我一直守在这，怎么询问台的人说这班车已经开走了？怎么可能？怎么会？

那个并没有穿制服的中年男人瞟了我一眼，扬起慢腾腾的声音。

"车开走了我在这干吗？"

"您的意思是车没走？"

"呃。"

"那这车今天还能走吗？"

"他又瞟了我一眼。"

"我也想知道。"

"我都等了四五个小时了，怎么办？明天也走不了怎么办？"

男人再次轻飘飘地看了我一眼。我知道我的脸上写满了疲惫、焦急、狼狈，还有那点儿掩饰不住的求助的卑微。他收回了目光，冷漠的面色依然，却摊开了手中的本子，翻了几页，手指按住一页往下移动。

"这趟车经过溧阳。"

"啊？"

我有点儿蒙。

"快去，×号窗口，车就在下面。"

"我顺着他的手指朝玻璃墙外看，一列高铁静静地停在那，而我傻愣愣地看着它呆立无措。"

"你得下去啊，赶紧的，去对面，×号窗口，快。"

男人的声音突然大了起来，我在他的吼声里慌乱转头往对面奔去，竟忘了对他说声谢谢。

对面检票口一片兵荒马乱，我冲过去，七八个人在拦着嘈杂的

第六章　悲伤的时光步履匆忙

人群。

车已经满了,挤不进去了。

"我们有票,怎么不让我们进?"

"没法进了,车门都关不上了。"

慌乱不堪,我被人群推搡在中间,一时不知心头滋味如何。心头无比沮丧,今天这家是真真回不去了。

突然检票口又打开了,那边有票的几个挤了进去,我这边两个人进去了,我跟着往里挤,手臂却被一个人抓牢。

不能进了,不能进了,只能进几个。

我扭头与他目光对视了两秒钟,一个年轻的小伙子,一张尽忠职守的脸。心头不知怎么滋生出的力量,我用力、用蛮力甩开了他的手,在检票口关闭的一刹那间冲了进去。

我终于把自己成功地塞进了一列别人的列车,一群无座的人挤在过道里,并不觉得辛苦,心头兜满可以回家的欣喜和踏实。

我在微信里和问问再次告别,抱歉浪费了她为我订好的房间。她却说能回家真好,这场经历就像是一篇小说素材,是你的奇遇。我笑了,绷紧的身体放松下来。谁说不是呢,这兜兜转转的艰难和柳暗花明的回家路,就像一场生命旅程,那些欢喜和相聚,那意想不到的波折辗转,那些温暖和疏离,最后,殊途同归。

深夜出站时溧阳小城开始下起了雪,我站在路口仰望,一盏路灯光里笼罩的世界,雪花纷纷扬扬,不疾不徐曼妙舞动的身姿洁白无瑕,纯白世界,美若童话。

我撑开一把伞等接我的那个人,等了许久许久,我的手机断了电,而他迷了路不见踪影。我低下头,看到雪花拥抱了我,一层一层,白絮般把我包裹成了雪人。

流　　言

　　不知道要怎样诠释这个词语，坊间有她的流言，还有他的，又忽然有了你的。初时听到突兀，有点儿愤慨，继而又觉得无比可笑。一个女人，能安在身上的流言大多是染了色的，殷殷桃色，渲染在灰暗生活底色上，自然是惹人眼球的。那般热闹的颜色，谁还去计较真假，俗人都恨不得凑到最亲近的距离，好加上几道色彩，凭空里画出活色生香的故事来，消磨这无聊又漫长的人生。

　　有时爱发几条朋友圈，不过是美食美景，一颗热爱生活的美好心灵罢了。忽而听到闲话，闲话什么呢？倒是没有具体内容，不过是不屑，不过是些酸话。想来每天生活极其简单，料理家务，生活琐碎，读书写字。有时宅得发慌，偶尔出去看个电影，穿越城市，漫步四季风景，随手摄录美好。

　　不过是热爱罢了，头顶的天空，身旁的树木花朵，擦身而过的人。

不过是偏爱一点儿生活的仪式感，一盏茶，一杯咖啡，精致的茶具，相宜的朋友，谈笑间明亮的快乐。

多么珍贵的时光，不想就在你的朋友圈里有人冷冷偷窥着，那些人也应该称呼他们为朋友吧，不然怎么会在你的朋友圈里。

惊出一身冷汗，竟不知有人时时潜伏在朋友圈里，偷窥非议着你的生活。他们是谁？他们当是一群有着特别爱好的人，爱好评头论足、爱好妄自揣测、爱好无中生有。爱好嫉妒、爱好摧毁、更爱好让世界上每一个人都按照他们的意愿生活。呃，他们的意愿是会变化的，你还得时刻跟得上节奏。最好，你沦落为他们的同类，如此，最是和谐。

还是把自己藏了起来，不知道这是不是一种自我保护，也不知道这算不算成年人最后冷漠的成熟。偶尔再发朋友圈也学会了分组可见，那一刻心生忧伤，我也终于不是那个简单纯粹的人了，或者我还是，我真实的内心从未背离，但我人间的躯壳却在一次次流言的裹挟里萎靡了下去。

这有趣的流言，泛滥的一面之词，带着神奇的鬼祟魅力。人生无聊，太多人盼着那点儿新鲜东西来解闷。人们口口相传的那点儿事还带着新鲜唾沫的温度，咦，真刺激，不添油加醋白白浪费了这么好的料，赶紧烹饪煎炸一番端出来。能博到别人的眼球多好，若当事人能出来澄清就更好了，那就是做贼心虚，哈哈，料更足更猛了！

嘿，人间处处有好戏，偏偏你不喜欢演戏，你只背着手淡淡笑着，看那五彩斑斓处小丑出力卖弄，鼓个掌吧，可惜现在不流行打赏，要不大喝一个"赏"，一把铜钱飞撒而出，那才是高潮，那才叫带劲!

话又说回来,流言而已,它偏又不是谣言。造谣二字多少还担了点儿风险,弄不好法律还会出面干涉。所以,流言者说这不是谣言,他们都是聪明的小人,比你聪明,也比你狡猾。所以,大可不与它较劲儿,风来风往,人间总少不了这点儿热闹。这会儿风刮到你,不一会儿风又刮到了他、她、它。

林语堂说,人生在世,还不是有时笑笑人家,有时候被人家笑笑。一句话道出了人间的真相。而时间总是最好的判官,那山高水远的人生和千山万水的人心,都会被时间逐一审判——注释。

甜蜜礼物

云子是我在网上认识的同乡朋友，个性爽直可爱，当然也是时尚美丽，聊着投机，见面后更是投缘，这便成了朋友。

临近中秋的某日，两个人在线上聊天，忽然说要给我寄一盒月饼，是她钟爱的味道。以为是玩笑，不想两天后她的快递就真到了。

还记得那天一路下楼时雀跃的心情，微凉的秋风里送来小区里的丹桂芬芳，小鸟在不知处的某棵树上欢声笑语，眼前的快递员也是这样的帅气逼人。

拆礼物的心情有掩饰不住的激动，就仿佛回到童年的光阴，小小的女孩总在某个节日和某个特殊日子里渴望一份礼物的眷顾。渴望着一种在乎，一种重视，渴望一份被呵护和被溺爱的欢喜。

可是，记忆中稀少有这样的眷顾，又或者这种眷顾在我的生命时光里是绝了迹的。我只是不愿意去追溯回忆，只让记忆依稀模糊着，那样，我就仿佛也曾经被谁谁谁在乎和溺爱过，我的生命才不至于太过荒凉和薄情。

这便成了一种心结，内心里就有了长不大的情绪。有一种渴望礼物的情绪暗自汹涌地潜伏着。在某一个节日，或我生日和某一个纪念日的到来，我那样强烈得像个孩子一样渴望一份礼物的来临。失望，我不说出，渴望，我也不道明，我开始有了成年人的稳重和矜持。可是，我小小的脆弱的孩童般的心灵，却在某一个角落里一直孤单着，它真真切切地需要着一份小小礼物的滋润。就像今日，这意外的小惊喜，忽而唤醒生活间所有微微战栗着躲闪着的小情趣。有一种美好气势磅礴，瞬间就淹没了我心间那一处的小孤单。

人生中第一次收到的生日礼物实在是太意外太惊喜，彼时已经是在生活中模糊了面容的妇人，一日坐在自家店铺里，忽然走进来一位西装革履手捧鲜花的男人。愕然，不知道他要找谁，他却径直向我走来，把鲜花递到我面前，微笑着对我说："生日快乐。"他还把另一只手上拿的礼物送了过来，一个绿色的玩偶，是美国动画片里的人物。有点儿蒙，有点儿慌张，我是有夫之妇，这么明目张胆的行为……他又说："我是某某银行的，您是我们白金客户，祝您生日快乐。"哈，竟是如此。立刻释然，继而欢喜，这天不是我生日，我身份证上填了阴历生日，却在阳历这一天收到了人生中第一份生日礼物、第一束鲜花、第一个玩偶，第一次这么煞有介事充满仪式感的生日祝福。

我一直珍藏着这个玩偶，珍藏着那一天的欢喜和心动。

和一个惺惺相惜的文友去喝茶，她给我带了一本小小的日记本，旧旧的封面，时光流水般的痕迹，她说："在超市看见，知道你一定也会喜欢，你可以随身带着，写一写自己的小心情。"阳光灿烂的她

第六章　悲伤的时光步履匆忙

的笑颜，我接过这小小日记本时那样欢喜的心情，就仿佛真正又回到那少女时光。这样的小小日记里，曾记录了我多少斑斓而又忧伤的心事。时光恍若久远，斑驳记忆里踪迹杳杳，而这会儿，又被寻回，那样郑重地交付到我的手心。这样懂得的礼物，它从我的心头温柔拂过，摇曳起许多记忆柔软的触角还有梦想美丽的翅膀，如此美好。

　　这几份礼物都不是在一个节日里来临，却把生活中极普通的日子变成了我心中最盛大的节日。现在的我，在中秋这样美好的日子里，轻捻起手跟前这份甜蜜的礼物，细细品味。窗外有甜蜜的桂花清芬轻送鼻息，口齿间清甜柔腻的月饼香浓，直沁心扉，当真圆满。

女人四十

2013年的末梢，城中新开张的甜品店里慵懒的下午茶时光弥漫着淡淡怅然。冬日暖阳悬在玻璃窗外的天空上，我眯着眼睛望过去，明晃晃的一片热情，可我的心情却忽然灰暗起来。因为，友在一旁落寞嗟叹着光阴似水，让我猛然惊醒，近年来临我们便是四十岁的妇人了。真是"蹉跎不以时间量，道尽沧桑自然知"，深感时光如水，日月如梭。

还清晰记得那些年，年华正茂青春如歌。而现在，我恬淡的目光透过阳光苍白的斑点落在时光的轴距上，我看到的是精致妆容掩饰不住的倦意，时光摩挲而过的掌纹，深深浅浅地驻扎在我们彼此的脸上。

不得不喟叹光阴无情，我和友在沉默中默契地对视而笑。思绪悠悠放飞，在一首优美的背景音乐里，我静静梳理起生命一路走过

第六章 悲伤的时光步履匆忙

的痕迹,从青春年华到现在的"女人四十"。

我记得我二十岁那时的光阴。二十芳华,只听这数字便是无比水灵灵的美好。就像三月春来,那柳枝头新绽的嫩绿,在春阳暖洋洋的照耀下颤颤地晃动着的一份欢喜。那欢喜溢出一汪春水,轻巧巧地便流泻成一条快乐奔跑着的溪河。

我想,每一个女人的二十岁都应该是生命中最美丽最富有热情和希望的人生阶段吧。从稚嫩的少女时代走来,生命抵达最热烈蓬勃的青春年华。那时候理想、工作,还有爱情,哪一样都是无比的新鲜和新奇,哪一样都充满着葱郁鲜活的诱惑。

然后在这二十几年的芳华里,我们有一个女孩走进了一个女人的世界,经历了爱情、婚姻、生育,人生最美好的回忆全都包含在了这个阶段。从女孩到女人再到母亲,一个女人完美人生的演绎,可是那时候的我们并没感觉到这个年龄里的拥有是多么美好。

我们憧憬着三十岁的时光,那一种优雅的成熟。我们遥想着自己的三十岁,应该是如董卿那般雍容而知性的。

三十岁应该斯文端庄,应该成熟稳重,应该妆容精致,应该生活优雅。可是,当我们走进三十岁,才发现梦想与现实差距是如此之大。

走进婚姻的爱情生活已经到了平淡期,孩子的学习和生活开始主控你的自由时间,工作和生活上的压力让你忙碌而又疲倦。你不记得上次跟爱人谈心是什么时候;你也不记得爱好文学的自己捧读一本心爱书籍的时光丢失在了哪段光阴的路口;你更是忘了自己的生日,还有二十岁光阴里所有被你们重视的节日,当然那个节日还包括了你们的结婚纪念日。

这样想一想三十岁的光阴仿佛糟糕到了极点。可是,临近四十的你再回首，却发现它的美好是让你如此留恋和怀念。

三十岁的时候尚有青春芳华，初识世间人性，生命犹如一朵正当花期的鲜花，丰盈而饱满。三十岁，作为成人，在忙碌中充实，在充实中经历，在经历中成长。这期间，经历了生与死、荣与辱，成功与失败、离别与重逢。

三十而立，立的不只是家庭、事业，这期间更重要立的还有你的脾性和格调。这时候的我们懂得了忍耐、包涵、谦逊，还有宽容。如果说二十几岁的我们还是一只个性张扬的刺猬的话，那么三十几岁的我们就是一泓温和恬淡的碧泉，清澈平和，包容广义。

如此想来，三十岁的光阴真是美好到了极致。可生命是永不停息的前行，而我们是孜孜不倦跋涉生命的行者。行走、经历、感受、领悟，我看见生命下一个路口的路牌上醒目的标志：女人四十，这是我即将迈进的世界。

"女人四十"，心中幽幽咀嚼这几个字的时候觉着有一点儿斜阳西下的感觉，又像是季节的转换，由蓬勃的春到葱茏的夏，渐渐行至清绝的秋。

繁华热烈、鲜艳妩媚都落下了华丽的翅膀，四十岁的女人如一季秋的来临沉淀下性情，沉淀起智慧，沉淀起手中的生活。

四十岁的女人生命已然积蓄一定的厚度；四十岁的女人生命行走过的阅历可以装帧成一本厚厚的教科书；四十岁女人的优雅像一枚成熟的果子，开始弥散清甜的香氛；四十岁的女人回首前尘，一声喟叹间懂得了珍惜和珍重。

如果说女人的二十岁是一匹色彩斑斓的锦缎，那么三十岁的女人就是一匹高贵华丽的丝绸，而走入四十岁的女人已被时光洗涤成一块纯棉，不浮华、不炫目，只泛着本真的光泽，在岁月淘洗中日渐绽放出珍珠般的光华。

四十不惑，四十岁女人的眉眼间多了几道岁月的风霜，却也凝聚了几许生活的清明。不再懵懂浮躁，不再患得患失，不再絮叨抱怨，更不会屈从盲信。

岁月洗练出四十岁女人的智慧和丰厚，生活更打磨出四十岁女人的坚韧和自信。四十岁的女人开始懂得肩上的责任和心中的梦想如何兼容并存；四十岁的女人在围着家庭和工作转的时候更知道爱自己也是生活中最重要的一部分；四十岁的女人习惯在忙碌纷繁的生活中偷出时间来享受一杯下午茶，与闺蜜小资情调里家长里短，又或在阳光里打开一片阅读的心情，嗅一页纸质的油墨清香；四十岁的女人也不再向身边的爱人和亲人乞求多一些时间的眷顾和厮守；四十岁的女人懂得了空间和距离，适度的放手才是更亲密地靠拢。

时间抽走女人的美貌和力量，时间也丰满了女人的思想和情感。如此说来四十岁的来临真不是什么洪水猛兽，因为，临近四十岁的我们已经懂得如何来梳理心境，更懂得生命行进中的每一处印迹都是弥足珍贵。

春有山花，夏有凉风，秋有朗月，冬有瑞雪，只要有一颗丰盈智慧的心，生命中的每一季都会展现出独一无二的美。

呷一口香浓的饮品，优雅地向对面的友人举杯，阳光镀上她微笑的面容，金子一般的女人，此刻如此美丽。

干杯！女人四十！

悲伤的时光步履匆忙

　　总会在忽然间百无聊赖，日子一天一天琐碎而平淡，永远没有你想象中的惊喜和闪光点，有些忧愁淡淡地来又淡淡地去，有些欢喜却不知在哪个角落隐藏。

　　又是年末，当岁月蹒跚至此，终于免不了有些恐慌、失落还有迷惘。生命的记忆和痕迹累积得越来越多，可是笑容却仿佛越来越少，让人对它有了想念，开始了怀念。

　　听一首老歌，再读旧日喜爱的书籍，又或者在一个落寞的黄昏面向夕阳默默感怀，那些曾经的痕迹仿佛这样的亲近又恍若隔世般遥远。有微风从身边溜过，总会伸出手掌，闭上眼，感受它轻柔的抚摸。感受时光同样真切地从指缝间轻轻滑过，亲吻过清凉的皮肤，留下深深浅浅的痕迹，曾经温柔这样决绝，这样的无限留恋和怅然惋惜。

　　喜欢上了回忆，遥远的和身边的，很多年前到昨日的。有时

在喧哗尘世间如一朵洁白的栀子花,积蓄最温柔坚韧的力量,花开芬芳,人间故事沉浮起落皆是最柔软的光阴。

在门外，有时会轻轻走进。痛苦和忧伤的、快乐和喜悦的，都变得很轻很轻。仿佛幻变成一片片轻盈的羽毛，在记忆的世界里漫天飘舞，很安静、很安静。

在时光的隧道里这样长久的静默，再热烈的阳光也唤不回曾经的热烈和激情，心是一种近似忧伤的平和，还隐藏着小小的恐惧，忽然想就这样老了吗？黯淡的容颜，悲伤的长发，昔日明艳的相片，镜中憔悴的身影……

心中突然就有了汹涌的悲伤。记忆中的青春仿若未曾有过大朵大朵的绽放，岁月就在未知未觉间将它们流放，一去不返。

愕然发觉是真的老了吗？酷爱回忆内心消沉，这样鲜明的痕迹不是衰老的迹象又是什么？有些甜蜜和忧伤伴随永恒的多愁善感展开想象。

童年、少年、青年，如今已在中年的门外，那扇门你未叩却已慢慢打开，怎样徘徊和犹豫也无退路。

这样的感伤和颓废，心意难平。

"旧时天气旧时衣，只有情怀不似旧家时。"怎样的辗转纠缠，时光带走的总是你最珍贵的东西，细细密密，很多很多。一件一件间最鲜明的一件叫作"情怀"。在时光匆促的路上四季交叠，被左右的情怀渐渐迷离。

于是，岁月未老，你已溃败。

第七章　每个人都是孤岛

　　我终于知道，人生就是不断地告别；我终于知道，有些人有些事都会离开；我看遍了世间离合，看尽了人生无常。我流了泪，又欢快地笑。我说，人间不值得，我又说，人间真的很美好。

孤独的熊

我们趴在玻璃墙外俯瞰那只熊。

时间已经是下午三点多，海洋馆的游人渐渐散去，喧嚣的馆内突然空旷寂静下来。我和少年悠然踱步，在二层的一面大玻璃后一低头看到了整个北极熊馆。

没有拥挤的人群，没有嘈杂的人声，母子俩就趴在玻璃上往下看。看那只大熊慢吞吞地走，从这头踽踽到那头。那头是个洞口，我以为那是它的窝，它要进去睡觉。可它在洞口停住，肥硕的身子慢慢坐下，然后，原地挺起前爪旋转过来，一个笨拙呆萌的转身，它立起来，再慢慢走回去。懒散的、单调的、规律的，如此，一遍一遍，一遍又一遍……

时光如同被复制粘贴成一种模式，而我和少年的影子也被定格在那面玻璃幕墙上。

它好无聊哟!

许久,少年落寞的声音撞在冰冷的玻璃墙上弹回我耳膜里。而我执着地用目光追随着那个庞大的身躯,一遍、五遍、十遍、二十遍……机械、规律、枯燥、愚蠢地来来回回。

终于,它调整了一个动作,它缓慢地迈上人工小河的一块礁石。小小的一块,它的四个脚竟然都站了上去,肥硕的身子矮下去,一只熊爪有意无意地探入水中轻轻地晃动。清澈的水面映照出它的身影,像一帧凝固的画面,只有那只熊爪在水中轻轻漂浮。一圈涟漪无声漾开,一个圆,一圈圆,一圈孤独圈着又一圈孤独,无声地、浩大地漫开来,穿墙而出,狠狠地击中了我。

眼角酸疼起来,心头用了狠的难受,整个人呆立如它。

局促的斗室,庞大如它,囿在一面玻璃墙后。河水、礁石、白茫茫的人工雪、蓄意制造的冰冷的空气、逼仄的缩小版的家园,从来不是梦里自由的故乡。

不知最初的它有没有很焦躁?是不是咆哮过?驱赶过围观的看客,呼啸出心中的抗争?要挨过多久?几个光阴的轮回?几多岁月的枯荣?它渐渐沉默下来。心头的意志慢慢消磨无迹,一点儿一点儿无奈,继而一点儿一点儿无力。它眼睛里的那束光渐渐暗下去,它伸张的骨骼慢慢松软下去,它庞大的身躯只是来来回回沉重迟缓地踱步,再没有奔跑,也不再跳跃。它喑哑了声音,低垂下眼帘,安静得就像个知晓天命的老人,而它,分明那般强壮,毛色光亮,正当壮年。

少年直觉它无聊无趣,而中年窥见的孤独浩如沧海,汹涌拍上心头,斑驳成疾。

第七章 每个人都是孤岛

也不知,还需多久,我能如它般平静安详,寂寂踱步自己心中浩瀚的孤独。人生如它,囿于一张隐形的囚网,最后的最后,沉默和安静是唯一可以表达的情绪。

作　　家

　　我们一群人结束为期一周的省作协读书班到这个地方采风，从江苏到安徽，五个多小时的大巴，停在呈坎八卦村口。

　　这是好多年前的事了，记忆里有一笔清晰的痕迹，是我貌似漫不经心的一瞥，又云淡风轻地走过。青砖地面，悠长巷道，日光从高高的古村墙上漏下，像被过滤过的时光，有不真实的恍惚。不过是几分钟的路过，逼仄，狭长，人声喧嚣，心口悄悄烙上了一道伤痕。

　　我们生命中总会有许多不愿提及又在当下无事人般走开的往昔。是一段往事经历，又或只是无意遭遇的一个场景。有的永恒沉潜，有的会在经年后打破心头藩篱破笼而出。

　　人群透迤在徽州古村落，青墙黛瓦，犬牙交错，宛如迷宫。人群有些鼎沸，文人好谈，目光所及牵动腹中典籍，自然无须导游，

第七章　每个人都是孤岛

徜徉八卦村落，如鱼入水。

一般无异的长巷，明清砖墙，寂寂无声。有几户商铺，夹杂热络兜售叫卖声，偏要告诉你是个游客，这里是个景点。入乡随俗，便随人群沿商铺浏览过去，瞥见前面一个女人着一身荷花绸旗袍慵懒倚在门口，看到人群过来，忽然"苏醒"过来，手上扬起一本书，用力招徕。

你们过来看看，这是我自己出的书，都是我自己写的诗。

人群徜徉在一旁琳琅土特产和一些古拙的工艺品摊前，仿若没人听到她的声音。

你们进来看看嘛，这是我的书，中国文联出版社出的。

她用手指急促翻开书页，食指按住一处，将书伸到人眼前，要做一个身份认证。有几道目光轻飘飘掠过书页，未做停留。女人的声音被飘走的目光拽得高亢起来。

我是作家，你们看看，这是中国文联出版社出的，带一本吧，十五块钱，我又不赚钱的，这是我自己写的。

声调又慢慢降下来，像鼓满的风帆用力太狠被无形的风刀轻轻撕裂。

随行有两个人跨进了狭窄的门道，手指捻起一本书来，随意翻了翻又扔下了。

你们带一本吗，带一本？不贵的。

女人的声音里终于有了丝哀求的味道。她身上廉价的旗袍随着身体大幅度的动作扭曲变形，绸布粘贴在她走形的身段上，腰腹间的脂肪凸得张扬，大腿根的开衩龇得触目惊心。她盘着一个发髻，发丝被啫喱打得太过严谨，脸上是衰败的妆容，用力过猛的油彩掩饰不住疲态下她年华不再的容颜。

她的诗集被人随手翻了翻凌乱扔在那,她没去整理。看到人影走开,她的身子又复瘫倚在门框上,手里那一册诗集被她当作了一把折扇,轻轻地晃啊晃啊晃的。她脸上的笑垮了下来,她整个脸上的皮肤都垮下来。她的慵懒没有成为她想象中的曼妙风情,破败庸俗的疲态看得我心悸。我脑海里浮现出的画面让我恐慌,像极兵荒马乱的世道,色衰肤弛倚门卖笑的女人?献媚兜售着曾经的心性。

我像个路人般从容离开,无人知晓我心中的波澜,无人知晓那几分钟之内的场景在我心口划上重重伤口。那个自诩为作家的女人不知我们的身份,她若知了,不知什么心情?不知可会羞赧?是否还会兜售?我害怕,她忽然两眼发光,拽住我们中的一个,语调激动,她说,都是作家,大家都懂得的,帮帮忙,帮帮忙,带两本吧……

我们鱼贯而过的时候我也不知几人心起波澜?每个人都平常随意走过,无人感慨,无人议论,无人停留脚步,一如平凡光阴里最平常的时光,风过无痕。

友人在她的书中写道:"鄙视艺术是一种传统,那些拍照片的,写文章的,喜欢书法的,爱唱戏的,都被悄悄地嘲笑了。"而她,把那一份悄悄嘲笑拼命公布于众,摊开来,用无所谓廉价的态度向人间讨要生计。用她的诗文和她的麻木,又或,她想讨要的还有曾经微薄的理想和一点点认同。

八卦村兜转如谜,终究只是个游客,窥不进卦象迷离。

我们在村口古桥上合影,桥下河水污浊,河岸垃圾杂陈,残败村屋寂寥荒芜。而照片出来,河水碧蓝,风景如画,全不是眼中所见。

关于爱情

端午佳节,陪友去看外公,美丽的天目湖畔,一栋普通的居民楼里,八十高龄的外公独居在某一单元的某一个门里。

我原以为独居老人的空间一定是阴暗晦涩,兼带空气不畅气味难辨。可门开后,鹤发童颜的老人身后一片明朗阳光,有流动的夏风轻轻漾动着空气中的素洁清冽,嗅之,竟是别样的清心宁神。

我们在老人爽朗的笑声中落座,朴素整洁的客厅一头摆放着一位老婆婆的黑白相片。远远看着,齐耳短发的老人笑容明朗,若不是相片前有香炉摆放,我难以相信这笑容竟是昨日影像。目光一时呆滞,恍惚中那笑意盈盈的婆婆竟像是从时光的一头出行归来,从容自然,面对着家的方向爱人的翘望喜笑颜开。

友挨在外公的身旁开始家长里短,琐碎的话题老人并不感兴趣,友对他独居的一些叮嘱他也敷衍而过。

他眉眼欢喜地看着他的外孙媳妇，问道："你的书写得怎么样了？都写得挺好的吧？写文章不要急，用心去写，慢慢地写，要多写现代时尚的东西，要与时共进。"

友和我在一旁听得连连点头，像两个好学上进的孩子神情欢喜崇拜。

老人愈加开怀了，又开始谆谆教导："丫头啊，你要写写你的爱情，你和小俊的爱情，真实的、感人的爱情，这是很可贵的东西啊！"

友的头点得像啄米的鸡一样频率急促，而我在一旁更是乐不可支，我从没见过这样新潮又可爱的老人啊。

"丫头啊，去看看你外婆。"

"哦。"

友清脆地答应了一声，在我疑惑的目光中近似雀跃地走向了那张黑白遗像，走近，磕头，声音脆亮："婆婆，过节了啊。"

三个开开心心的响头后，我看到外公慈爱的目光里笑意满得快要溢出来。我也一直在笑，这样的探视实在让我有些意外，我原以为它会有些许沉默几多哀伤，可这一刻，我感受到的竟然是久违的轻松无羁的欢笑。

友去了洗手间，轻松的笑容还挂在我的心头，我继续用快乐的心灵去倾听外公的家常絮叨。

"她外婆就是走的早了几年，七十七岁，走了三年了。我女儿儿子逢年过节的都叫我去住，我不能去啊，我要陪她的，我要走了她一个人多冷清啊！"

我没有想到快乐的话题突然就转了弯，在唇角的微笑还没来得及收敛时，外公平淡诉说的声音那样强悍地击碎了我内心里平静的

第七章　每个人都是孤岛

安好。我的眼泪猝不及防地从眼眶里漫了出来。

"我现在啊就感觉她跟没走一样，每天吃早饭呢我们还跟以前一样，我做什么她吃什么，我吃馒头她也吃馒头，我吃粥她也陪我吃粥，跟以前一个样。"

心底最柔软的地方被这一句句平静话语中的深情重重击中，就在我的理智即将彻底崩溃前，友从洗手间出来解救了我的脆弱。

"外公，我们要走了啊，下次再来看你。"

"好好好，你们路上慢点儿啊。"

老外公依然是一脸灿烂的笑容把我们送出大门，悲伤戛然而止。我回首，倚门而立的外公恬淡平静，我看不到他身边有一丝孤独忧伤的影子。岁月安好，只因他说她从不曾离开过他的身旁。

上车，我心绪澎湃，我激动的声音里激荡着透亮的欢喜和感动，因这一次宝贵的"爱情邂逅"。我对友说："谢谢你带我来，让我听到了真的爱情。"友沉默了半刻，答我："要怎么说呢！"我转头，惊诧于友的反应。我说我以为你会有一样的感受。友轻轻叹息："其实，当初外公和外婆并不是因为爱情而结合，外公是有文化的人，外婆是个'大老粗'，他们的婚姻一直磕磕碰碰的，在婚姻中期的时候更是闹得凶，经常打闹，甚至有一阵过不下去。而且，那时候外公也有了心仪的红颜知己。一直到了晚年，他们的感情反倒好了，彼此依赖，相互陪伴，在外婆走后的三年里，外公更是寸步不离他们曾经的家。你能告诉我，真正的爱情它是怎样的样子？"

我一时无语，关于爱情，我一直将信将疑，但我内心一直渴望着它们的真实存在，就像刚才听到外公的那一段诉说，那一种真实的被爱情感动的心情。可是，现在我又开始迷失，迷失在一个关于爱情的问题中。这是一个多么令人头疼的问题啊，它太过哲学，也太过微妙，它的模样千变万化。它永远脱离你固定思维的想象，它的完美只是出现在虚构的小说里和文字偏爱的渲染间，接了地气的它却总会带给你几许唏嘘、几缕失望、几多迷茫。

  默然无言，车子缓缓行至天目湖临水大坝上，青碧湖水涤人烦忧。友快乐地招呼我下车，迎着晚霞下的湖光山色，我们摄下一张张笑靥如花，关于爱情这个扰人心绪的难题，我们已经把它彻底抛在了脑后。

离　　开

　　去过小时候成长的村庄，告别后，再见面已不记得离开的岁月有多长。

　　送奶奶回去，送葬的车队从村上走，鞭炮和锣鼓的喧嚣里，目光里的村庄早已不是往日模样。记忆扑面而来，车轮缓缓行走，奶奶笑盈盈地站在村口，我是一个剪着齐耳童花头的小女孩，我不喜欢这"马桶箍"般的发型，我嘟起嘴跟奶奶抗议，她却不说话，只是一直笑，笑得那么慈祥还藏着几分得意。

　　头发剪短点儿可以少剪几次可以省下几毛钱啊，这样干干净净的洗头方便头上还不会长虱子。

　　我依然不高兴，可是，我那么小，我阻止不了大人的决定。但是我有蛮力，我说不打预防针就不打，奶奶越哄我就哭得越起劲。我在地上打滚，撕心裂肺张牙舞爪地哭，我喜欢看奶奶一脸无奈着急的样子,她说:"这可怎么办?这可怎么办?要不,能把她绑椅子上打不?""当然不行。"已经面目难辨的赤脚医生一口回绝,很正义很威严地呵斥奶奶。奶奶的头低了下去,蹲下身子拉我:"不打了不打了,小祖宗,你起来吧,回家去。"回去的路上,我得到一颗糖,奶奶的钱在手帕里里三层外三层地包着,我用眼睛斜瞄着,一种胜利者的姿态。

哼,谁叫你把我头发剪这么丑;哼,我说不打针就不打针……

村口簇拥着一些人,我一个都不认识,可是奶奶认识他们,他们认识奶奶。他们站在崭新的楼房前来送别。我的记忆努力靠拢,又被无情推开,无情决绝如一直行走中的生活,不念旧情,跳出想象。

目光里搜寻不到一处熟悉的地方,可回忆还是潮水般汹涌而来。池塘柳树下孤单哭泣的女孩,上学路上蹦蹦跳跳的女孩,村子里飞奔追逐的女孩,去田野里捉了两裤管青蛙回来喂鸭子的女孩,拽着奶奶衣角翻过山头去看一场锡剧的女孩……

这些记忆我记得好像冷落过它们,它们却说我们只是在玩一个游戏,假装分开,然后久别重逢。

可是,村庄太新,新得,我找不到一点儿记忆的印迹。

奶奶睡在村东头的一片田地里,那里庄稼长得真好,那里,有着许多她熟悉的村民,她不会寂寞。

回去,车子不再从村上过。我也不再流泪,安静得像是一个路人。

每个人都是一座孤岛

去年十月，我喜欢坐在北窗的吧台前喝茶看书发呆。我不大喜欢北面，阴冷清寂；我更喜欢温暖的南面，白天有阳光，晚上有月亮。我是突然发现北窗外，那棵桂花树几乎长至楼高，繁茂枝叶间簇簇黄花就开在窗前，清冷的秋风里阵阵暖香袭人，就有了写作的冲动，想写一个关于爱和孤独的故事。

我在北窗前清冷的桂花香氛里，用四天的时间写完了一篇小说。文中的夏沫因为亲情舍弃了爱情，又因为爱情将自己摆放到一个隐忍卑微的位置。而在现实社会中，她的身份是大龄女青年，一个为世人侧目的尴尬身份。即便社会进入21世纪，男尊女卑的封建思想依然张扬在众人的心照不宣里。在这个世界上，爱情是奢侈品，亲情友情也是奢侈品，每个人的爱节制而保守，大家都把自己活成了波澜不惊的从容状，好像这才是最正确的生活方式。最终女主人公拒绝诱惑，背负着难以言说的过往，执着去往未知的远方。

是啊，我们每个人都是一座孤岛，但孤岛的心脏里依然埋藏着纯真善良和真挚坚韧的爱。

我用四天时间写完了这篇小说，就在北窗前嗅着清冷的秋风和甜蜜的桂花香，在世界绝望的萧瑟和一丝甜蜜的希望里争分夺秒奋笔书写。我从没有这样沉湎在一篇小说创作中，冥冥中好像被一种力量驱使。

小说写完后的第二天傍晚，我下楼时突然发现，那棵快齐至于我北窗前的桂花树訇然倒在眼前，硕大的身躯正被捆绑着装上一辆大卡车。原来小区改造车位，竟然把楼下的桂花树掘挖运走……

小区最近在大规模地改造车位，可我怎么也没想到，门前这一小块地方也会被利用。我更没想到，会把它挖掘运走。心口大恸，习惯了数十年里它的默然陪伴，却原来没有什么是永恒，那几日北窗前的朝夕厮守，只是一场好好的告别。

很长一段时间，我恍惚这棵桂花树还在原地，在我回家的门口等候。我开始忧伤这么多年里对它的忽视，我只在每年的秋天路过它的时候，长久地伫立在它身旁，仰头看那一树金色灿烂，让它的芳香环抱我簇拥我。很多时候我是忽略它的，直到它永远地离开。

我不知它的去向，是去了一处公园，还是去了别人家楼下？不知它是不是会怀念？如我一样，在它的花季里在无数个平常孤独的日子里有了想念。

岁月悠长，太多遇见的人经过的事都在无声告别里，很多时候我们以为的朝夕相处一生一世，却成了无缘无故的故人。亲密的喧嚣，热烈的拥有，哪怕是血脉相连的依偎，都敌不过一场人生无常。

第七章　每个人都是孤岛

我们都是自己的孤岛,在越来越深邃的岁月里,背负着自己的孤独前行。情怀在左,孤独在右,而时间浮光掠影,是一座岛屿葳蕤的思想。

那场遥远的车祸

　　时隔多年。现在，七月，窗外艳阳似火，客厅里除了空调呼呼的风声还有屋外嘈嘈蝉鸣声，清凉，宁静。儿子坐在对面，默默刷题，我，打开电脑，想敲下一段文字。

　　其实，是昨日黑夜里的无眠，是被一句言语挑逗起的绝望。左脑那根迟钝的锯刺突然尖锐起来，刺啦啦一路划过记忆的皮肤，带着锈蚀的锋利，沉默间皮开肉绽，沉默着血沫横飞，紧咬牙关。

　　仿佛又在那个路口，五月，傍晚，夕阳西斜，空气里有鲜花的气息。绿灯下走过三分之二的斑马线，似有感应，转头，又或只来得及倾斜了一下目光，一团巨大的阴影倾倒过来。天崩地裂声炸响耳膜，竟然还有同步的思维，地震了？大厦倾塌？来不及恐惧。

　　在头皮撕裂的疼痛中醒来，是怎样一种痛啊！痛，是那刻唯一存在的思维。清醒，昏迷，再被尖锐的疼痛撕开苦楚的生命。人群

第七章　每个人都是孤岛

围上来，耳边嘈杂的声音，我在坚硬的水泥地面挣扎，似醒非醒，似梦非梦，我的左脑，宛如炼狱。

一辆飞驰的越野车，从右侧撞上斑马线上的我，幸好侧面撞上，若是正面，你就……交警如是说。没有监控，那宽敞的路口，头顶齐刷刷一排摄像头，探照灯一样虎视着过往的车过往的人，可是，他们说没有监控录像，没有。

我在疼痛的缝隙里恍惚着疑惑一个问题，为什么会有那么大的声音震耳欲聋？大厦倾倒天塌地裂的声音，汽车那层铁皮撞上一具人类肉体怎么会有这样巨大的声音？那么，撞飞出去五六米的我，硕大无朋的头和坚硬水泥地死磕的时候有没有声音？悄无声息？竟然没有一丝记忆的声响。一定是干脆利落，我在电影里看过一个车祸的画面，电影里的刘嘉玲，一件黑色皮夹克包裹的娇弱身躯，夜色里，孤独的路口，一辆车猛撞过来，轰一声，人纸片一样冲出去，以秒的速度。瞬间呆住，震惊，那个画面就深深存储在脑海里，竟不知有一日自己复演了一遍。如果说这也应了那一句"念念不忘必有回响"，我憎恨自己脑海里不肯轻减半分的记忆画面，以致有了呼应。

我还悔恨自己年少时候有过的不祥的念头。我想得一场绝症，又或遇一场车祸，如此，便可被关注；如此，便能有关心；如此，才有人会在乎。这不是我许下的愿望，又或者命运会错了意，我的本意不是要一场又一场的灾难，我的本意不过是想跟命运索要一点儿温情。

成年后，在绝症的边缘有惊无险逛了几圈，又不想，还真的要遭遇一场车祸。这是既定的人生还是人生无常？也许，我遭遇的命运也如青春逆反的岁月。我害怕的它偏要给我，我想要的它偏背离，总之，它誓要跟我对着干。我怕痛，它就要给我一生最绵长最绝望的痛。

这次疼痛的名字叫脑外伤综合征，不是绝症，只是无治。不想叙述这种疼痛和纠结，头皮之下再无安分之时。人还是完好无缺的一个人，只是脑袋里撒满了钢针，爬满了虫子，有野草般的细菌在繁殖……它们定时不定时地出来作祟，随心所欲无法无天。我竟是无法用文字来形容这样的痛苦，又或者我只想逃避，我从来都想逃避，是命运生生推着我面对。

是经历太多苦难，还是岁月让我恍悟。"我命由我不由天"这句口号偶尔还会在心里喊喊，倔强地对抗着，顽强地生活着。只是越来越盼望世界和平，越来越想要身体康健。这些年轻时不屑一顾的事终于郑重其事地摆到了心头最重，恨不得日日叩拜，这份实实在在的人间安好。

却不知，一份实实在在的人间安好，无病无灾，世界和平，其实，已经是人间最大的奢望了。

少年识遍愁滋味

藕石桥的西面是父亲的单位，据说我们最早的家挨在藕石桥旁，祥和富裕，在藕石桥的桥南街心。我没见过，也没记忆，我在旧照片里只看到一张竹床上爬着一个穿肚兜的娃娃。模样太小，我甚至看不出有我的轮廓，他们说那时候我很幸福，可我没有在照片里窥到幸福的痕迹，比如那个曾经美满的家，比如家里面的父亲母亲。

我开始有朦胧记忆的时候已被送到了乡下，寄养在叔叔家。哦，叔叔家有奶奶，我是奶奶养大的孩子，可她给不了我庇护，她也是软弱的，所以我要日复一日承受堂姐的刻薄欺凌。堂姐每天都在让我滚，滚回自己家，那个由我父亲出钱盖的三间水泥楼板的平房不是我家。我还小，彼时农村艰苦，我不知道堂姐口中的家其实大部分都是我父亲赠予的。我每天忐忑不安，生活在惶恐的自卑和不安里，我不能碰她家的桌子，她家的椅子；我不能睡她家的床，吃她家的饭；我连她家的地也不能站。我鼻子下有她用扫帚柄砸的伤疤，她用我那个年龄不能承受的最恶毒最粗俗的语言骂我，可我还是赖到了小学毕业才离开。

镇上最早见证幸福的那个家已经拆迁无踪，后来的家在藕石桥的最南边，远离街道，接近广袤的田野。那里被叫作宝塔头，却看不到宝塔的影子，曾经有座巍峨的宝塔，不知坍塌在哪段时光的断层里。一栋凹字形的两层水泥小楼是镇上唯一的楼房，也是彼时作为合作商店经理的父亲的福利。我没见过我的母亲，他们在我记忆之外的空间里离婚了，他们是整个镇子上的新闻，是在那个年代唯一办了离婚手续分开的人。他们很超前很新潮，他们活得太潇洒。

我在小学毕业后回到镇上凹字形小楼里自己的家，这时我的父亲早已从单位辞职，一个人追寻他的江湖他的自由去了。凹字形小楼的二层某一间是我的家，没有人再驱赶我，可我要开始一个人的生活。十二岁，一个人，冷暖悲欢，饥寒惊惧，独自承担，独自煎熬。

在我正当发育需要营养的年龄里，我没有吃过一顿饱饭。中午我用铝制饭盒带了米在学校里蒸饭吃，没有下饭菜，就用开水泡着吃。后来父亲在他出去流浪前，交代了让我去教师食堂吃饭。可我胆小害羞，那里都是老师，那个大胡子的食堂师傅一脸严肃，他总是很忙，我要先去跟他报备才能吃饭，我瑟缩着，饿着肚子逃避了。

家里有个小的酒精炉，奶奶给我送来了米粉，我唯一会做的饭就是摊饼子，可大多数时候我都是饿着肚子。我买一袋白糖，泡一杯甜水喝，糖要省着用，我在寒冷漆黑的夜晚依赖这一杯糖水给我支撑。小楼里一家紧挨着一家，没有七十二家房客，却也有三十几家的拥挤热闹。每一家门口都支着一个煤球炉，邻居们在上面煎炒

第七章 每个人都是孤岛

烹煮。黄昏清冷的空气里，浓郁的饭菜香味从我家单薄的门缝里恣意窜入，勾着我的胃，勾着我饥饿委屈的悲伤。

少女时代的我苍白瘦弱，严重贫血，我的胃萎缩成一小团，常常在我身体里痛苦绞痛。邻居们说我呵一口气就可以吹走，两个指头就能把我掐断。我的生理发育停止，我的胃病跟我相亲相爱。我怀念在奶奶身边，偶尔她偷偷在我饭碗里卧一个鸡蛋，冲我挤一下眼睛，我就端着饭碗躲到角落里吃饭，我们的欢喜秘而不宣。

没有人知道我留下了饥饿后遗症，在后来很长很长的时间里，我对食物充满了渴望和贪恋。我吃饭时又急又快，我怕它们跑掉，我害怕它们消失，我的胃已经很饱，可我不舍得放过那些美食。

我在多年后的一次暑假里去常州同学家做客，我吃了太多可口的饭菜香甜的水果，我清贫的胃和我孤寒的肚子承受不起，我进了医院。她们带我进了医院，这是我第一次生病有人带我去看医生。我要挂水治疗，医生找不到我的血管，换了几个医生，她们很诧异，她们说你不吃饭吗？你怎么都没有血管，你的血管都是干瘪的，你平时不吃饭吗？是啊，我不吃饭，我饮风食露长大，我是个没有血管却心怀热血的孩子，我顽强着长大，穿越饥寒、穿越黑暗、穿越恐惧、穿越轻视和嘲讽、穿越辱骂和冷眼，我一路流泪一路向前，我努力长成我想成为的样子。

凹字形小楼里月亮很清寒，它不是美好浪漫的象征，它象征的只有一味忧伤，清冷刻骨的忧伤。

我不知道那个年代为什么有那么多的鬼故事满世界乱窜。家里用的是洋油灯，学名应该叫作美孚灯，灯光幽暗，灯芯长了火苗会变蓝跳跃起来，蓝莹莹鬼火一样阴冷惊悚，我逃出家门，再不敢回家。还好阳台上有月光，我就蜷缩在月光里，一整夜一整夜地看着月亮流泪。更多的时候我蜷缩在床的一角，我用被子蒙着头哭泣着睡着，又哭泣着醒来。我害怕睡觉，我一闭上眼睛就出现恐怖的魅影，我醒着也感觉门背后床底下躲着很多鬼祟。

多么浓郁绝望的恐惧啊，黑夜太长，怎么也穿越不过，我差一点儿就沉溺在那个黑夜里。我痛苦地跋涉，一点儿一点儿逃离，很辛苦太艰难，我用了半生的时光对抗我的亲人赋予我的命运，无人知晓我的艰难，我只让别人看见我的安好如意。

我后来在父亲的抽屉里看到了一张我母亲的照片，我到现在还清晰记得那张照片上她的发型、她的姿势、她的样子。她太陌生了，跟镇上人口中的模样也不像，她也不是我想象中的样子。我想象中的她美丽慈爱温柔娴静，可是，照片里的她清冷淡漠，有种无形的距离在把我隔开，不让我亲近。后来的事实也证明她一如纸上人像那样冷漠寡情。

我用了很长的时间很大的勇气学会了怎么叫母亲，是叫妈妈，还是叫姆妈，或者只叫一个妈？无论哪种称呼对于我都是艰难，我的语言系统几十年里没有这个发音，我的上唇和下唇应该怎样触碰出这个美妙的音节？我在人近中年时学习这个称呼，我想让这个词语从我口中出来时有温暖的情愫，亲切自然，亲近亲昵。这是我的愿望，而所有一切我赋予美好想象的愿望注定都会落空。

我心里执着追求的母爱在成年后的追逐里又一次一次受伤，直至中年，我依然承受到了来自她的伤害。我终于决定掩埋内心关于她的所有，不去想血脉相连，不去想缺失的母爱。我的作家朋友对我说，你为什么要这么执着追求母爱，你可以把大地当作你母亲，把天空当作你母亲。是的，我想他说得对，我还可以想我是一只猴子，我从一块大石头里蹦出，因为天赋异禀，所以也要受尽人间

第七章　每个人都是孤岛

磨难。

　　我在父亲的抽屉里看到一张我儿时的照片。我站在农村灌水的田管上（蓄水站），应该是刚送到乡下不久，四五岁的模样，我身上还穿着她留下的毛衣，拼色见短的毛衣上织有美丽的花纹，她是个手巧的女人，只是这之后她再不肯给我织一件美丽温暖的毛衣。我穿一条旧色的方格长裤，两条裤管一高一低挽起，已然有了乡村孩子的模样，我剪着一个短短的童花头，漆黑的大眼睛茫然望向远处。

　　小小的我就站在那，孤单无措，仿佛已经预感到了自己以后的命运。我的眼睛里蓄满了慌乱，我的身影在照片里仿佛微微战栗，我那么小，那么孤单，那么无助……

　　后来的我脑海里时时浮现出这个小小的女孩，我多么想潜回那段灰暗阴冷的时光里，抱抱她，紧紧地抱着她，对她说，不要怕，不要怕，宝贝，你不要怕……

父亲的爱情

我一直在想，在 20 世纪 70 年代那么保守的小镇里我的父亲和母亲为什么就离婚了。那时候离婚手续很复杂，我听说他们是到县城办的手续，那时候到县城没有任何交通工具，他们是走着去的，然后回来的时候，镇上人竟然看到他们笑嘻嘻地回来了。

我在后来极其漫长的岁月里，从别人热闹的议论里，从亲人对我有意无意的叙述里，从我懵懂的经历里，慢慢了解了一些故事。我的父亲母亲在小镇上数十年里都维持着一种热度，他们是新闻人物，而我父亲的家族还带着那样鲜明的传奇色彩。

父亲的奶奶是镇上有名的"监生奶奶"，我并不明白这个称呼的真实意义，只知道人们都说我的太奶奶是个能干强势的女人，她掌管着几家店铺生意，养育着一双儿女。而她的男人是不管事的，她的男人只管抽鸦片。我爷爷和姑婆都读书受了新教育，我爷爷十几

第七章 每个人都是孤岛

岁就投身革命,二十八岁成了烈士,我姑婆为了自由婚姻和母亲决裂远走他乡。于是,要强的"监生奶奶"身边只留下了一个不谙人事的娃娃,她的长孙,家族里唯一的独苗血脉,她的另一个孙子被我奶奶带了改嫁到乡下随了他姓。

我父亲在他奶奶的百般呵护下长大,初中毕业后就参加了工作,人生顺坦,蜜罐里长大,养成了他诸事随性豪爽不羁的性格。他熟读《三国演义》《水浒传》,就把自己也比作了里面的人物,便也疏财仗义广结兄弟。少年时在镇上煞有介事地结拜了十兄弟,听说还正经焚香磕了头。彼时,他又做了镇上的合作商店经理,计划经济年代,他手上掌握着小镇所有物资批条,是小镇上最红的红人。他娶我母亲是他奶奶的意思,听说他是不情愿的,即便我母亲比他小了七岁,是方圆百里的大美人,可我父亲心里是讨厌包办婚姻的。他的骨子里有他父亲和姑姑的自由热血在,但他熟读古书,懂得孝道之重,自然要遵从一手把他抚养长大,已经老迈病弱的奶奶的心意。也许,从最开始就注定了,我的父亲和母亲他们只是一对临时组合,他们的婚姻注定是要解体的。

他们是在我四岁的时候离婚的,个中缘由有太多版本,我父亲游离在婚姻之外,我母亲心生怨怼,众说纷纭,结果却只有一个。我跟随我父亲留在小镇,我母亲一去不返,嫁到了县城。彼时我父亲活得太潇洒,他成了镇上抢手的钻石王老五,很多人给他做媒,可他好像只要自由自在的生活。

后来我被送到了乡下,有一次父亲去接我回来,奶奶给我换了新衣,嘱我要好好表现。父亲带我到了藕石桥南的药店,把我交给了一位姑娘。那个女孩有着修长的身姿,梳一根长长的发辫,周身洋溢着温柔宁静的气质。她把我带到她的宿舍,用香皂给我洗了澡,然后牵着我的手回到药店。我父亲一直在那等我们，顺手接过她另一只手上提着的玻璃瓶子，我们三个就往藕石桥北边走。父亲的店在那边，玻璃瓶是用来打煤油的。那一天，我们就像一家三口那样走在小镇上，很多目光都投注在我们身上。他们落落大方的，好像还有点儿羞赧，也不说话，有种别样的安静。我后来才知道，那一天他们身上洋溢着一种恋爱的气息，多么微妙美妙的感觉，像一帧美好的画面烙在了我稚嫩的脑海里。

我后来再也没有见过这个女孩，我喜欢这个温柔的女孩，她身上有让我想要亲近的宁静温柔的味道，就像母亲的味道，可是她再也没有出现过。我从大人唏嘘的叹息里知道了缘由。女孩年轻貌美未婚待嫁，而我父亲是个离异男人，还带了个拖油瓶的我。女孩家在县城，也是条件不错的人家，马上动用关系帮女孩调动了工作，棒打鸳鸯拆散了他们。

我在十年后的某一天从父亲的抽屉里看到了一沓信。是当年女孩离开后和父亲的通信。开始女孩的书信里满溢着思念和忧伤，还有不离不弃的誓言，渐渐是无奈和挣扎，到最后是一封冰冷的绝交信。我依稀记得信中的内容，她说你不要再找我了，我要跟别人结婚了。一页信笺上寥寥几句话，我记住了这一句话。

我在很久很久以后才明白，这也许是我父亲生命里唯一的一次爱情，他是崇尚自由恋爱的人，他唯一一次追求的爱情给了他心灰意冷的打击。也许是失恋坚定了他逍遥江湖的信念，他又做了让小镇人匪夷所思的事，他潇洒挂印（辞职）随着他结交的江湖朋友浪迹天涯去了。从此萍踪侠影，从此放浪不羁，从此潦倒一生。

想来那时候父亲就是资深文青一个了，他懂音乐、爱文学、好运动。他拉二胡唱锡剧，打篮球吊单杠，他打一手的好乒乓球下一

第七章　每个人都是孤岛

手的好棋,他在夏天的夜晚点一盏马灯带小镇青年在藕石桥下夜游,他听黑胶唱片骑永久牌自行车。他招待各路江湖朋友,说书的,唱戏的,卖梨膏糖的,三教九流都是他朋友,江湖人把他当作及时雨宋江。

他被小镇人称作"佛祖",因为他总是急人所难有求必应。只是后来他又多了个绰号叫作"咸猪头",人们摇着头这么说他,一副恨铁不成钢的样子。我倒不诧异他被叫作"猪头",毕竟他做了那么多猪头猪脑的事情,可为什么还是个"咸猪头",估计是这个猪头百年难遇,不是一般猪头可比。唉,说到底他就是个败家子,不知道他奶奶、我的太奶奶泉下有知会不会很难过,她寄予希望光宗耀祖的孙儿活得太过率性恣意,最终千金散尽落魄潦倒。我父亲后来还是有过两次成家的机会,只是他抱着一种无所谓的态度,而彼时他也不是当年的钻石王老五了,他无所谓别人也就无所谓了。

我的父亲几乎用他的一生印证了那句歌词,他是不一样的烟火,放荡不羁爱自由。他很任性很自由,从彼时到现在。他已经老了,大半生的颠沛流离,不知道他有没有后悔过他的生活,不知道他的记忆里还有没有那个长辫及腰的女子,又或者他们都已忘了。生活就是生活该有的样子,过客,插曲,不过是命运既定的安排,来引导你走向宿命那一条路罢了。

远去的姑婆

对姑婆的印象几乎都来自身边亲人偶尔的一些叙谈，从童年时夸张艳羡的口吻，到后来追忆式的零落话语，让我一直知道并在内心风光骄傲过，我在遥远的大都市里有个姑婆婆。

姑婆是我爷爷的妹妹，我父亲的姑姑。至于他们的故事，又或者说这段带有传奇色彩的家族史我也是听说得知。这些"听说"的资源很丰厚，它的来源不只我身边的这些亲人，还有整个小镇上那些熟识或不熟识的人们。他们有的熟悉我姑婆不熟悉我，有的熟悉我不熟悉我姑婆，但这都不影响姑婆乃至她和她母亲还有我爷爷的故事流传，而他们的离去，也仿若给小镇笼上了一层淡淡的神秘又传奇的色彩。

姑婆的母亲也就是我太奶奶是个很有个性和才能的要强女人。她掌管着家里一大摊子生意抚育了一双儿女，据说半个镇子都是她

第七章　每个人都是孤岛

的店铺和生意，大家都尊称她为"监生娘娘"。对于这个称呼的实在意义我并不是太明了，但这个称呼里却涵盖了小镇居民对她的尊重、敬畏，又或者还夹杂着一些别的意味，但她在小镇的地位是毋庸置疑的。她的丈夫也就是我的太爷爷是个除了抽大烟诸事不管的好好先生，而她的一双子女在她女强人的教育下没有丝毫驯服，还都继承了她的好强个性。我爷爷和姑婆读了书有了新思想，我爷爷作为家里的继承人、养尊处优的少爷，十七岁就参加了革命，而姑婆许是受了大哥的熏陶，她不想被她母亲圈在绣楼做小姐，自由恋爱和母亲决裂，跟爱人私奔去了合肥，从此再不归家，只在数十年后母亲病重时才回家尽孝送别。

我不能体味到这对母女在最后相见时的情景。作为一生要强的"监生娘娘"太奶奶，独子参加革命为革命献出了年轻的生命，唯一的女儿与她数十年音信全无只在临终送别。我尝试过揣测当时两个女人的心境，是酸楚，是唏嘘，是后悔，是别样滋味无语落泪，还是依然倔强，互为对峙？时光里纷纷扬扬落下的沙一层层覆盖往事，我想把回忆的触须伸展进岁月深处，却发现，没有经历支撑的回忆太过虚空。太奶奶的故事，爷爷的故事，和现在我想写的姑婆的故事，它们星星点点散落在我血液里，平凡安静，却总在某个时刻有种不安分的搏动，怂恿着我走进他们的往事，走进我陌生而又亲近的家族人物。

母亲走后我不知姑婆是以怎样的身影离去？一如当年那般坚定决绝，还是有了萧瑟和忧伤？红着眼眶，却又挺直着纤瘦的身躯，一步步走出小镇，并不回首。

许是那次回来与母亲告别她见到了自己的亲侄儿，也见到了襁褓中的我，又或是太奶奶不舍自己一手抚育长大的长孙向她低了头？我不知她的心里掠过了怎样温柔的情愫，被小镇人斥之为冷漠绝情的女人突然有了温度。再回到合肥后的她开始与我父亲通信，亲手做了衣裳给我母亲和我寄来。

  我时常凭借着别人惊羡夸张的口吻，和我所有极致美好的想象在脑海里勾勒那几年我幸福完美的公主生活。在我少女时代近似于落魄凄惶的生活里她们会说，呀，你知道你小时候就像个洋娃娃啦，雪白莲花的，大眼睛，穿上你姑婆从合肥给你寄来的衣服，真的就跟洋娃娃一样的啊！她们的声音通常又用力又大声，她们表达的词汇贫瘠，但她们说得很用力很真实，好像只有用这种方式来反衬我现时的凄凉和彼时的风光。我知道在当初她们也这样夸奖过我，一样的用力一样的认真，带着满脸的艳羡和一种巴结的神情。我的父亲彼时还是镇上合作商店的经理，掌握着整个镇上所有的计划商品。他没有像他父亲那样的坚毅个性，也不像他奶奶那样精明能干，人们都说他像了他的爷爷，那个性情随意诸事随意的败家男人。我父亲的抽屉里有本日记本，上面密密麻麻记录着别人的借债，一小部分打钩的还了，大部分的几年里都静静地待在那，反正它的主人不闻不问也不在乎。我的父亲那时候被镇上人尊称为"佛祖"，而他一直认为自己是《水浒传》里的及时雨宋江。

  姑婆的衣服就这样几乎萦绕了我整个孤独的少女时代。于是我知道了它们是绣了花的，袖子都镶嵌了白色花边，款式是小镇居民见所未见的，有打蝴蝶结的乔其纱衬衫、有泡泡袖的连衣裙、百褶小短裙，还有牛仔背带裤牛仔背带裙……

  在我白茫茫的记忆外，凭借这些言辞确凿的口口相传里，我肯定了在20世纪70年代我四岁之前我真的是个小仙女小公主。之后，我的"宋江"父亲潇洒挂印奔了他的自由他的江湖去了，不知是那

第七章　每个人都是孤岛

些被他一茬茬招待过的江湖朋友最终拐了他去，还是他的骨血里就有他父亲和姑姑热血自由的基因在？他和我母亲相继离开后，我的公主生活便戛然而止，而姑婆也失散无联，只成了我耳膜里小镇居民间或稠密又间或稀落的落寞传言。

我读初三那年忽然听说合肥的姑婆回来了，就住在前面小叔叔的家里。那日，记得是个中午，我见到了叔叔身旁的那个老妇人。我已经不记得当时她的身形眉眼，只记得她面容寡淡，普通人的样子，不是我想象过的雍容和蔼的城市姑婆。她和小叔叔站在屋前的大路旁，叔叔说这是姑婆。我有些恍惚，一时间不知道做出什么反应。她好像说了两句话，淡淡的，只有嘴巴在发声，我没有看见她的笑容又或者泪光，也没有看到她有任何肢体动作，或者是伸出一只手抚摸一下我，又或者把我拉进怀里温柔拥抱……我呆呆地站着，想必是如她一般面容寡淡，我不记得她说了什么话，只记得叔叔递给我一包不知是大白兔奶糖还是一包高粱饴糖，又或者这两包都有吧。给完糖他们转身离开，我一个人站在路旁，忘记了那是个什么季节，就知道天灰蒙蒙的。

几天后，听说她回了合肥。

我没有对任何人表现出我的忧伤和失落，而事实，也没有任何人来关心我的忧伤和失落。这是我跟姑婆的第一次见面，没有那些传言里堆砌出来的亲近和宠爱，她就像后来镇上任何一个熟悉我的人一样，漠然的表情，寡淡的语言，还好，没有表达出唏嘘的同情。

再后来我离开小镇，也离开了"姑婆"和"她的衣裳"。

再次相逢我已经是个母亲，姑婆被小叔叔邀请来参加他儿子的婚礼。那年我刚在县城买了房买了车，喝完堂弟的喜酒就邀请她还有几个亲戚来家做客。她已经是个老人了，小小精瘦的身材，朴素简洁的衣裳没有任何的修饰,比如一道素净的花边,又比如一处别致的裁剪。她的眉目间不是记忆里那次的淡漠表情,有些苍白的白皙面容显出与我身边那些老人们不太一样的城市气质。她和我奶奶姑嫂相见,交谈的话语是,你身体还好吗?呃,还好,你呢?我身体也好。两个人就不再说话,坐在那,暖暖的灯光里我奶奶是弥勒佛般的慈祥面容,姑婆脸上花朵般的褶皱里隐隐带着笑意,并不舒缓,有些内敛,还好像有些紧张。我想起以前奶奶曾经说过她的小姑子。她呀,大小姐脾气,眼睛长在额头上的。她们姑嫂相处时间实在短,中间又仿佛隔了一生的岁月,奶奶身边簇拥着我们这些孙子孙女,而她,我在之后才知道,她唯一的孙女在十几岁时生病离开了。

离开时我们几个孙女辈的每人遵二婶婶的嘱咐给了她一百元钱。她接过时有些不知所措,想推托,却又好像羞赧。几百元钱她收得有些别扭,却又感觉到是真的欢喜。我开车送她回镇上小叔叔家,到了小叔叔家门前,下车时她忽然拉住了我的手。她的突然亲近让我有些错愕,我讪笑着与她寒暄,说以后有空就常回来看看,让她有空来我家玩。她说来的来的,攥着我的手不肯松开,有些混浊的眼睛里散发出热切的光看着我,看得我心头有了些许酸楚。她终于下车,我摇下车窗跟她挥手告别,她瘦小的身影被小叔叔搀扶着离去,颤巍巍的脚步慢悠悠踱出她一生岁月的深远和苍凉。

回去的路上我回想起第一次相见时的灰白天空和她漠然的面容,我想起我一腔热烈的期盼渐渐冷却时的难受,我又想起刚刚她的热络亲近和她离去时瘦小的身影,心口有些发酸,眼睛涩涩地疼。临到家时,我想,那一百元真的给少了。

前些年,小城和合肥通了高铁。小叔叔这些年境况甚好,牵挂

第七章　每个人都是孤岛

合肥的老姑姑，约了父亲一起去探望。回来后说姑婆已经瘫痪在床几年，她的儿子因为某些方面不太灵光，便在家吃低保伺候母亲。孙女病去后几年又生了一个，现在全家就姑婆媳妇一个人在加油站和超市打两份工，老弱病残，狭小的家脏乱得无处落脚……

小叔叔心有不忍，便想出钱把姑婆送到养老院，想让她有好的照顾，也可以为她的孩子减轻点儿负担。但姑婆却执意不肯。她在气味污浊的房间里，一张脏乱的小床上固执地僵持着不肯离去。她已经不能再有任何肢体动作，她只有能发声的嘴巴和流泪的眼睛，她不肯离开她的家和亲人，她的精神已然随同肉体一起衰老，她不舍，她留恋，她，也害怕孤独了吧。

2018年元旦刚过，突然接到小叔叔电话，说合肥的姑婆走了，他走不开让我父亲赶紧过去一趟。当天，我父亲带了些钱和小叔叔买的十条软中华坐高铁去了合肥，我以为他要在那边耽搁几天，却不想他第二天就回来了。

太冷清了，没有一个吹号的没请一桌客，就在殡仪馆火化了骨灰寄存在那了，不像话！父亲语调里有几分怨愤。他匆匆而去匆匆而回，我知道他见证的是什么，也深知他内心的波澜。

我沉默许久，寒冷的气流铺天盖地从我身体四周包裹过来。已到一冬最冷的节气，凄凉冬景触目皆是萧瑟无力，一如姑婆漂泊而去的魂魄和她脆弱无力的亲人。一样是伤心的，只是已经不够力气去抵御和对抗冰寒的现实了。

姑婆走了，二婶婶在姑婆那次来后没几年突发脑癌走了，奶奶也在前两年永远地离开了我。

那天晚上，我不知为何去了我母亲那里。我们坐在沙发上闲聊，我仿若漫不经心地说道，合肥的姑婆婆去世了，你记得姑婆婆吗，见过她吗？

啊？她走了啊，多大年纪了？

我也不知道，这些年她过得不好。

我想说一说姑婆的晚景凄凉悲惨，却被母亲突然拔高的声音打断。

你那个姑婆手可巧了，那时候给你做的牛仔背带裙，这么宽的背带都是镶花边的。

母亲用手在身上比画着。

口袋这么大，全是她手工绣的花。给我做的衬衫，那种款式没有人见过……

我的眼眶里有股热潮汹涌泛起，我慌忙把头扭向了电视机，用一种比母亲更热烈的声音评说起电视剧里的人物，岔开了"姑婆的衣裳"。

2018年的第一场雪纷纷扬扬来临，误了点般的匆忙急乱，大雪成灾。我在去南京回来的时候因雪困在了南京南站。几个小时的等待里我望着车窗外绵延而去的铁路轨道，雪雾迷蒙中目光里忽然泛起一个纤弱的身影。那时候的她应该是穿一件美丽的旗袍，又或者是学生裙衫，她娇小坚定的身影先要从小镇辗转到一个城市再到一个城市，然后，坐上一列火车离开。

我来跟你说告别

是秋天了，满城甜蜜清凉的空气。今天开始降温，陡然感觉冷，不知你在桂花香里有没有多披一件衣服？你眯着眼睛，笑成了一朵菊花，你喜欢桂花的芳香，你又说，桂花开过，天就真的要冷了。

我的手机里没有你的照片，而我的老相册里，你笑盈盈地，怡然慈祥的样子。好奇怪，我们认识快四十年，你好像从来都没有改变过。你的样子，你最开始的样子，到你离开时的样子，都是奶奶的样子。

我爱人说，咦，好奇怪，认识你奶奶到现在几十年了她好像没有变化过，一直就是那样子。是啊，是那些年在生活重负下你提前衰老成古老的奶奶模样，又在后来的日子里笑盈盈活成了最年轻的模样。

你一直都没改变，所以，我以为你一直不会离开。

你离开的时候我不在你身边，但你来跟我告别。你来跟我告别，你用了最后的意念，我知道你不舍得，所以离开时，你用你全部的力气来跟我告别。

你脑梗后缠绵病榻已有数月，我以为我已经尽孝，我做到世俗意义上最好的形式，我还忍受着来自你最跋扈自私的大孙女的委屈。我从小忍受她的嚣张刻薄，你走了，我想我还可以继续忍受。可是，慈善的你啊，一辈子教给我的只有委曲求全，可哪里有用委屈能求来的安好？你离去后我在欲壑难填的事件里再次遍体鳞伤，你带着我身体里唯一的亲情血脉离去，你走了，我就是这世界上最彻底的孤儿了。

那一天你已经很虚弱，我从你身边回来时，我说我明天来看你。你看着我，冲我点了点头。你已经没有说话的力气，你虚弱地看着我，我看不出你眼中的内容，我只是有莫名的恐惧，我恐惧有一些我恐惧的事情就要发生。

天色已近黄昏，是六月，儿子中考在即，我有些焦虑。我的忧伤分了神，我的心思分了两半，我把一部分留给了儿子。

我想在家不远的理发店好好洗个头，我从你那出来时，叔叔说，奶奶可能就这两天了……

那么，我就想我要洗个头，我不能让你在那边喝我的洗头水啊。如果你真的走了，在古老习俗规定的时间里，我想，我是不能清洗的，我怎么舍得让你喝我清洗后的污水呢。那一刻，我的忧伤并不沉重，我仿佛有些恍惚又好像无比清醒。

理发店里灯火通明，人声鼎沸好不热闹。我在里间的洗头床上躺下，我微阖着眼睛，我的心思空空荡荡，所有的思绪涣散缥缈，可是，我确信我无比清醒。我有怀疑过我那刻的清醒，时隔多年，

第七章 每个人都是孤岛

我依然咀嚼那年那日那时那刻我的真实状态。我在心里梳理所有的细节，一遍一遍，我的表情、我的心理、我的恐慌、我的疑惑。我终于确信，是你来跟我告别，就在那一刻，你来过了。

理发店的小伙把毛巾裹上我的湿头发，我从洗头床上起身的时候忽然发现周围一片诡异的阴暗。我以为是我最近累了，又或者起身急了头发晕，我揉了揉眼睛，又晃了晃头，眼前还是一片深深的阴暗。我心里有些疑惑有些不安，我起了身，在美发店小伙的引导下往前走。他像一个虚幻的影子在我前面移动，我们仿佛胶在一团阴暗静默的光影空间里。我在内心莫名的恐惧和疑惑里坐在了美发店的椅子上，我心想，坐下了，我的"头晕眼花"是不是要好了？可是，我抬眼看到了镜子，空旷的镜子里是一片更深邃的阴暗，我的脸浮在里面是我在某种电影里看到的某种阴森形象。我心上打了个寒战，那点儿疑惑的恐慌一下爆发出来。我惊恐地往我身边看，那个小伙像个魅影一样在我身边正常活动着，我望向我的周围，整个里间都在一片阴冷的幽暗里。我挣扎着，差点儿就要喊出来，我突然醒悟过来，我用目光去搜寻那扇通向外间的门，就在我目光的左前方，那么近。我用了最大的力气把目光投射出去，我要看看外间是不是也是这样。我的目光挣扎出去，外面一派灯火通明，依然是来时人声鼎沸的人间。我在惊惶间把目光回收时，里间刹那亮了。就像一个按钮，魔术师打了个响指，灯光耀目，人间安好，好像什么也没发生过，事实上也没发生过什么。我听见我心里嘘了口长气，心慢慢安定下来，在我头发将要吹干时，我接到叔叔的电话，奶奶走了。

我在很久很久以后，我才知道，那一刻的诡异时刻，是另一个时空转换。是你来跟我告别，你要走了，你不舍得我，你的意念便寻了过来,你来跟我告别。是的,再没有别的解释,就是你一定要来看看我,你才好安心地走。

我给你擦身,一点儿一点儿,帮你清洁。你已经骨瘦如柴,你在床上的这几个月,即便我们请了护工全天候照料,你的身上还是有了褥疮。那种肉体腐烂的疼痛,让你总在绝望中呻吟。你说,让我死吧,让我死吧,让我死吧!不敢听,不忍听,安慰太苍白,药物呢?照料呢?一切都太苍白。我想逃避,不敢面对,所以,对不起,对不起,我没有好好陪伴你。我在你身边一刻就想逃离,我感觉窒息,我去了走了,走了去了,我还有要中考的儿子在家,那时候,这是个多么实在又迫切的理由啊。

我后来一直在想,我残忍地想,我狠心地想,如果那一年那个晚上你突发脑梗不被发现多好。那么,九十岁的你就在睡梦中安然离去,再不用受这几个月的苦。我们只抢救了你一年高寿的数字,却要你用蚀骨的疼痛去交换。

你离开后的两年里,我在不真实的现实生活里恍惚,你并没有离去,你只是在某一个地方。几十年里,我从未觉得有一天你会真的离开。我习惯了,我记事后你就一直在我生活里,没有母亲,没有父亲,只有你忽近忽远,可也只有你,一直一直都在。

我在重阳日去看你。早桂已经开了,你在别人家"游胡"。这种古老的牌术是你们的老时光,你们一群眼花耳背的老太太,恋着旧日的那点儿小游戏,乐呵呵地消磨着时光。邻居帮我寻了你来,我在小区大道上等你,你拄着拐急急地走来,满脸的欢喜啊,你的笑让我看也看不够。你微佝着身子,你小小的步子又快又急,我来看你,你是那么那么欢喜。

你跟我说输了好几毛钱,我说我给你,给你一百,咱赌大点儿,

第七章　每个人都是孤岛

一次可以输好几块那种。你说自己有钱。你的钱用手帕包着，几十年前你一层一层打开拿出一分钱给我买了一颗糖。几十年后，时光好像从未行走过，它就停在我们面前。我看着你，看着你珍贵的手帕，看着你苍老的手指一层一层把它打开。你说，我有钱。你的脸上闪亮着骄傲的欢喜，像一种炫耀更是你一辈子善良的体贴。

你是不是真的没有走？我依然会在外出时看到相宜的食物时想起你，我说，这个奶奶可以吃。你牙齿不好，要吃柔软的食物，这世界上有好多你没吃过的新鲜东西，我都想让你尝一尝。可我又无意识地戳破了你离开的真相。

我常常觉得你从我身边经过，那么急的步子，不知道要去干吗？是约了老姐妹"游胡"吗？哦，今天是初一，你要去烧香的。我在瓦屋山上的瓦屋寺院中，一群老太太斜挎着香袋急急走过，最后那一个是你吗？嘿，你掉队了，所以你顾不上跟我说话，所以你急急地从我身边经过，满面的慈悲欢喜，你微佝的背影没入在那片金色的庙宇……

我的眼眶又发热了，你走后，它们常常发热，烫得让人难受。你看，我想你了，我们总会有相逢，你来告诉我，原来你是欢喜的，原来你一直都是欢喜的。

那么我可以去看你了，我用了两年的时光接受了你的离去，两年里我不敢触碰任何关于你的话语。我又在逃避，我不想接受，我是一个惧怕疼痛的人。

两年后你的忌日，我去看你，我已经开始慢慢平静，我已经又一点点勇敢起来。你睡在村庄的后面，那里是你熟悉的土地，那里有美丽的油菜花田，有大片金色的稻谷。那里还有你的村民邻居，你们闲来可以唠嗑，你们还可以"游胡"。你的爱人和你的媳妇在你的身旁，你们在那，也是家的模样。

　　那天我陪了你很久，我在你面前痛哭了一场，那天的眼泪像是开了闸，回到车里，我伏在方向盘上又哭了许久许久。那是个寂静的下午，静得只听到微风的声音，静得阳光里都是我记忆的回声。我在车里，你在我身侧不远的田野里，我的前面是童年的村庄。我已经离开太久了，那里是我全部的童年，有我一生铭刻的记忆，挂满着我跋涉不过的苍绿的青苔。那时候的你还是年轻的奶奶，而我青葱得像根孤弱的野草。那时候那么遥远了，可那时候却纠缠着不肯退场。

　　终究要告别，那么就今天吧。在天气寒冷未至时，你在桂花树下，笑得这么好看。那么，奶奶，你看空气这么香甜，想念也一定会很甜蜜。我们都要欢喜着生活，你在那边，我在这里，你勿牵挂，我会想你，一直一直，永远永远。

后　　记

　　这本书迟了两年，起初我是想在儿子迈进大学校门时赠予他这些文字。不知从何时起，我们成了羞于表达的人，我想把语言表述转换成文字传递给他。我们之间是必然要有所联系的，除了血脉亲情，我希望还有另一种联系，这种沉默的沟通只有交给文字。

　　我们所经历的亲昵、亲近、猜忌、战争、疏离、欢喜、快乐、烦恼、怨怼和伤心，不过是命运提前预设。命运这个伟大又小心眼儿的编剧，它给人生编排好所有剧本，它总是有出人意料的好构思，会把酸甜苦辣喜怒嗔笑顺境逆境塞满你的人生，但凡你越在乎的它偏给你安排好岔道，让你难以亲近徒留遗憾。而我们也在命运安排的经历中一点儿一点儿成长，成长是件永无尽头永不停歇的事，从童年到少年再到成人，我们身体和思想都行走在成长的旅途上。

　　我相信生命是一个圆，时光看似一往直前却也在兜转反复，每个人的人生都有一条必经的路，从近到远，再由远及近。这条路未知艰难，你只能独自去走，如果一旁有人时时给你提点警醒，嘱你心无旁骛少走岔路，予你关心和在乎，那个人一定是最爱你的人，你一定要好好珍惜。我们容易忽略身边简单纯粹的爱，更甚之会欺负最爱自己的那个人，因得来容易，貌似平常，殊不知，这个世界上即便是父母亲也不全是无条件地爱你，能有幸遇上爱你护你的人，当是人间最幸福最幸运的事。

我决定直面自己的时候已经人近中年，成长是从做了母亲开始，肩上有了责任，便自然衍生出勇气来。西蒙娜·薇依说，所谓勇气，就是对恐惧的克服。没有人知道我经历了怎样的恐惧和绝望，从童年开始，我仿若总被一团沼泽缠绵包裹，几被吞噬，常常没顶，总险险挣脱出来。人在巨大的痛苦中会产生极大的孤独和绝望，如果说苦难是一个作家最宝贵的财富，写作就是一种救赎，是自我疏导的良药。我开始在漫长的时间里寻找这味药，煮字疗伤，为日渐荒凉沉沦的精神凿出一束光。

就这样一直潜伏在生活这个巨大的谜团里，近距离观察它，身体力行感受它，而它总与我戒备夹生，不得亲近从容。至亲至疏，貌似熟络无比却有着永远参悟不了的谜。

而这本书，是一次勇敢的记录和梳理，我并不想完全破解生活之谜，我只想还原生活中那些细腻、志忑、热烈、隽永、沉默又絮叨汹涌的爱，以及岁月静好以外的分离和无常。

人生是不断的相遇和分离，很多时候，我们不知道在哪个路口相遇，又失散在哪一条岔路。有时候，我们笃定的亲人缘分，也并不是天长地久一生一世。聚散离合，不过寻常人间故事。我们会在生活中沉淀下许多习惯，享受被爱，习惯拥有，可没有一种习惯是

后 记

生活的必要存在，也没有一种习惯会永远不被打破，包括爱的习惯。

只是，岁月会珍藏着所有温暖和丰富的细节，彼此深情拥抱过的生活，是一生铭刻的美好记忆。

生活琐碎，梦想纯粹，愿我们都是温柔的大人、纯良的孩子，相亲相爱，各自孤独。